KB104290

풀꽃
시인의
별들

국립중앙도서관 출판예정도서목록(CIP)

풀꽃시인의 별들 : 나태주 애송 시집 / 지은이: 나태주. --
대전 : 지혜 : 애지, 2018
      p. ;   cm

ISBN 979-11-5728-276-0 03810 : ₩15000

한국 시[韓國詩]
한국 문학[韓國文學]

811.61-KDC6
895.713-DDC23   CIP2018015046

나태주 애송시집

풀꽃
시인의
별들

지혜

느닷없이

이 책은 느닷없이 쓰여진 책이다. 주로 내가 청소년 시절 이래 마음으로 따르고 좋아했던 시인들의 시작품을 골라서 뽑고 거기에 내 나름대로의 해설을 다는 식으로 책이 만들어졌다.

지혜출판사의 반경환 대표의 갑작스런 제안으로 갑작스럽게 책이 한 권 이렇게 만들어졌는데 이것은 또다시 내가 사랑하는 종이한테 나무한테 미안스런 일이고 또 죄를 짓는 일이기도 하다.

하지만 나로선 피할 수 없는 횡재이고 고마운 일이 되어버렸다. 젊은 시절 내가 이러한 시인들의 시를 읽고 충분히 용기를 얻고 위로를 받았듯이 오늘의 젊은이들도 이 책에 나온 시를 읽고 삶의 생기를 얻고 정신의 청량감을 가졌으면 좋겠다. '시가 사람을 살린다'는 것이 나의 변함없는 생각이다. 두루 고마운 일이다.

2018년 3월
나태주 씁니다.

차례

" 김 기 림 "

바다와 나비

아무도 그에게 수심을 일러 준 일이 없기에
흰 나비는 도무지 바다가 무섭지 않다.

청무우밭인가 해서 내려갔다가는
어린 날개가 물에 절어서
공주처럼 지쳐서 돌아온다.

삼월달 바다가 꽃이 피지 않아서 서글픈
나비 허리에 새파란 초생달이 시리다.

김기림(金起林, 1908~미상)은 판금시인 가운데 한 사람이다. 40년 가까이 남한에서 눈이 감긴 시인이었다. 그러므로 시인의 상세한 문학적 정보를 알지 못하고 나는 시인이 되었다. 안타까운 사연이다. 한국의 시문학사에서 최초로 서구 모더니즘 시론을 옮겨다 소개하고 스스로 작품으로 실천해 보인 시인, 김기림. 그의 대표작 가운데 한 편이 바로 「바다와 나비」다.

매우 실험적인 시를 쓰던 시인의 작품치고는 온건하고 부드럽고 친숙하다. 우리네 정서에 가까이 숨결이 와 있다.

감정과잉, 자아중심의 시에서 냉정을 되찾고 바라보는 아름다운 자연풍광이 그림처럼 펼쳐지고 있다. 그렇다! 한 폭의 그림을 보는 듯하다.

시가 이렇게 산뜻한 그림일 수도 있다는 것은 하나의 희망이기도 하다. 그림은 때로 시가 되고 싶어 하고 시는 때로 그림이 되고 싶어 한다.

굳이 힘들게 분석하고 그 속내를 들여다보려 하지 말고 그냥 그림을 보듯 시를 읽고 자기 마음이 가는 대로 따라가 보면 좋을 것이다.

그 중심에 '나비' 한 마리가 있으니 그 나비의 안내를 받으면 더욱 좋을 것이다.

향수

나의 고향은
저 산 넘어 또 저 구름 밖
아라사의 소문이 자주 들리는 곳.

나는 문득
가로수 스치는 저녁바람 소리 속에서
여엄-염 송아지 부르는 소리를 듣고 멈춰 선다.

향수. 고향을 떠난 사람이 고향을 그리워하는 마음. 이 마음이 인간을 성숙시키고 인간답게 만들어주기도 한다. 향수가 성립되려면 우선 고향을 떠나는 '상실'이 있어야 한다. 하지만 상실은 상실로서 끝나지 않고 복원을 꿈꾼다. 거기에서 향수가 나온다. 인간의 영원한 주제 가운데 하나가 또한 향수. 향수 앞에서 인간은 무한히 순해지고 깊어지고 가득해지는 사람이 되기도 하리라.

시인의 고향은 북쪽이었던 모양이다. '아라사'라니? 어려서는 알지 못했던 이름. 러시아의 우리식 이름이겠지. 예쁜 여자 이름 같기도 했었다. 그 북쪽의 고향을 시인은 그리워하고 있다. 그 다음은 '송아지'다. '송아지 부르는 소리'다. 그 소리가 시인으로 하여금 '저 산 넘어 또 구름 밖' 머나먼 고향을 되찾게 한다.

길

    나의 소년시절은 은빛 바다가 엿보이는 그 긴 언덕길을 어머니의 상여와 함께 꼬부라져 돌아갔다.

    내 첫사랑도 그 길 위에서 조약돌처럼 집었다가 조약돌처럼 잃어버렸다.

    그래서 나는 푸른 하늘빛에 호져 때없이 그 길을 넘어 강가로 내려갔다가도 노을에 함북 자줏빛으로 젖어서 돌아오곤 했다.

    그 강가에는 봄이, 여름이, 가을이, 겨울이 나의 나이와 함께 여러 번 댕겨갔다. 까마귀도 날아가고 두루미도 떠나간 다음에는 누런 모래둔과 그리고 어두운 내 마음이 남아서 몸서리쳤다. 그런 날은 항용 감기를 만나서 돌아와 앓았다.

    할아버지도 언제 난지를 모른다는 마을 밖 그 늙은 버드나무 밑에서 나는 지금도 돌아오지 않는 어머니, 돌아오지 않는 계집애, 돌아오지 않는 이야기가 돌아올 것만 같아 멍하니 기다려 본다. 그러면 어느새 어둠이 기어와서 내 뺨의 얼룩을 씻어 준다.

처음 이 시를 접한 것은 이동원 씨의 공연장에서였다. 그는 시작품을 작곡하여 아름다운 노래로 바꾸어 부르기로 유명한 가수인데 그날 노래 부르는 틈새에 이 시를 외웠다.

부끄럽게도 나는 이 글이 김기림의 작품인 줄 알지 못했다. 들어보니 매우 좋은 것 같아서 집에 돌아와 김기림의 시집을 뒤져 보았으나 끝내 거기에 글이 나와 있지 않았다.

나중에 김기림 전집을 살폈을 때 수필 편에 이 글이 나와 있었다. 아, 처음엔 이 글이 수필로 발표된 글이었구나! 이것도 하나의 놀라움이요 신기로움이었다. 그런데 왜 시로 읽지?

나중에 보니 여러 군데서 이 시를 시로 읽고 있었다. 그래 나도 이 글을 시로 읽기 시작했고 나의 책에도 수록하곤 했다. 읽으면 읽을수록 감칠맛이 나는 글이다. 마음을 아주 먼 데까지 데리고 간다.

어린 시절. 누군들 이런 시절이 없었고 이런 꿈이 없었을까 보냐. 사랑에 처음 눈을 뜰 때. 인생의 시련에 처음 부닥쳤을 때. 그 시절은 그것이 그토록 힘겹고 피하고 싶었지만 지나고 보니 그 일 또한 그리운 것이 되었구나.

유리창

여보
내 마음은 유린가 봐 겨울 하늘처럼
이처럼 작은 한숨에도 흐려 버리니……

만지면 무쇠같이 굳은 체하더니
하룻밤 찬 서리에도 금이 갔구려

눈보라 부는 날은 소리치고 우오
밤이 물러간 뒤면 온 뺨에 눈물이 어리오

타지 못하는 정열 박쥐들의 등대
밤마다 날아가는 별들이 부러워 쳐다보며 밝히오

여보
내 마음은 유린가 봐
달빛에도 이렇게 부서지니

맑고 깨끗하다. 그러니 유리이고 유리창이겠지. 맑고 깨끗한 유리창에 시인의 마음이 어렸다. 언제고 그렇게 맑고 깨끗하기만 할 수는 없겠지만 사람은 살아가다가 더러는 이렇게 맑고 깨끗한 시간을 얻기도 한다.

그 시간에 누군가를 불러보고 싶다. 좋은 것을 함께 나누고 싶은 마음이다. 누굴까? 이런 때는 가장 좋은 사람의 얼굴이 떠오르리라. 여보! 그 여보란 사람이 꼭 아내일 필요는 없다. 그냥 좋은 사람이면 된다.

그에게 나의 마음을 보여주고 싶다. 역시 맑고 깨끗한 마음, 좋은 마음이다. 이러한 마음의 터전에서는 '타지 못하는 정열, 박쥐들의 등대'며 '밤마다 날아가는 별들'까지가 이웃이 되고 친구가 되고 싶어 한다.

역시 맑고 깨끗한 마음이기에 허락받은 지복의 시간이다. '여보/ 내 마음은 유린가 봐/ 달빛에도 이렇게 부서지니' 중얼거리는 말이 전혀 생뚱맞지 않은 건 또 우리의 마음 또한 시인의 마음에 동의함이겠다.

봄

사월은 게으른 표범처럼
인제사 잠이 깼다
눈이 부시다
가려웁다
소름친다
등을 살린다
주춤거린다
성큼 겨울을 뛰어 넘는다

시의 표현 그 기본이 의인법인 걸 아는 만큼은 알 일이다. 세상 만물을 사람처럼 여기며 상대하는 마음에서 나온다. 평등이고 평화다. 만물 존중의 마음이다.

　4월은 봄. 그것도 새로 태어난 싱싱하고 눈물겨운 봄. 그 4월을 표범으로 보았다. 표범은 동물. 그러고 보니 의인법이 아니고 동물에 비겼으니 무어라 말해야 하나?

　어쨌든 봄을 살아 움직이는 동물, 표범에 비겼다. 날렵함과 싱싱함이 서로 닮았을 것이다. 잠 깨어 눈을 뜨고 눈이 부시고 가렵고 소름치고 등을 살리고 주춤거리는 품새가 닮았노라는 것이다.

　그러나 더욱 중요한 것은 '성큼 겨울을 뛰어 넘는다'는 마지막 부분이다. 봄이다, 뛰어나가자. 나물바구니를 들든 호미를 들든 괭이나 삽을 들든 들판으로 나가보자. 먼지 묻은 운동화라도 털어서 신고 나갈 일이다.

　봄은 그렇게 생명의 계절. 눈물어린 계절. 봄을 맞은 시인의 상상이 놀랍고 싱싱하다. 상상은 연상과 유추에서 나오는 것. 읽는 이를 기분 좋게 산뜻하게 해준다.

　2행에 나오는 '인제사'는 '인제는'이란 말이다. 그러나 여기서 '인제'란 말이 또 쉽지가 않다. '바로 이때'란 뜻으로 '이제'와 같이 쓰여지는 말인데, '이제'가 '지나간 때와 단절된 느낌'

이라면 '인제'는 '이제에 이르러'의 뜻으로 과거와 연결된 현재를 이르는 말이다.

" 김 동 환 "

눈이 내리느니

북국에는 날마다 밤마다 눈이 내리느니
회색 하늘 속으로 흰눈이 퍼부을 때마다
눈 속에 파묻히는 하아얀 북조선이 보이느니

가끔 가다가 당나귀 울리는 눈보라가
막북강 건너로 굵은 모래를 쥐어다가
추위에 얼어 떠는 백의인에 귓볼을 때리느니

춥길래 멀리서 오신 손님을
부득이 만류도 못하느니
봄이라고 개나리꽃 보러 온 손님을
눈발귀에 실어 곱게 남국에 돌려보내느니

백웅이 울고 북성성이 눈 깜박일 때마다
제비 가는 곳 그리워하는 우리네는
서로 부둥켜안고 적성을 손가락질하며 얼음벌에 춤추느니,

모닥불에 비취는 이방인의 새파란 눈알을 보면서
북국은 추워라, 이 추운 밤에도
북녘에는 밀수입 마차의 지나는 소리 들리느니,

얼음장 깔리는 소리에 쇠방울 소리 잠겨지면서.

오호, 흰 눈이 내리느니 보오얀 흰 눈이
북새로 가는 이사꾼 짐짝 위에
말없이 함박눈이 잘도 내리느니.

북녘 출신 시인들은 기상이 호방하고 남성적인 면모가 강하다. 어쩌면 자연환경, 척박하고도 험난한 자연과 기후를 이기며 살아온 내력 때문에 그런 것이 아닌가 싶다. 같은 주제를 담은 시작품이라 해도 말투가 다르고 사용하는 단어가 다르다. 호흡자체가 다르다. 조금은 장중한 데가 있다고나 할까.

파인 김동환(巴人 金東煥 1901~미상). 함경북도 경성 출신으로 1925년 「국경의 밤」이라는 한국 최초의 서사시를 들고 서울 문단에 혜성과 같이 화려하게 등장한 시인이다. 한 때는 이광수, 주요한과 더불어 『삼인시가집』을 발간하여 문명을 떨쳤고 《삼천리》라는 잡지사를 운영하여 문단에 공헌하기도 했다. 그러나 6·25전쟁 때 납북되어 이후의 행적은 알 수 없는 문인이 되었다.

「눈이 내리느니」, 스케일이 크고 아득하다. 서사시 「국경의 밤」의 분위기가 다분히 묻어나는 작품이다. 춥고 눈이 많이 내리는 북쪽지방 사람들의 웅크린 삶의 모습이 여실히 표현되어 있다. 일테면 북방의 정서다. 인간은 본래 따뜻한 남쪽을 찾아서 남하를 거듭하며 살아왔다. 그런 점에서 시인도 따뜻한 남쪽이 그리워 서울로 와 살았을 것이다. 그렇지만 소망했던 서울살이 가운데서도 그리운 것은 고향이다.

유년의 추억이 있고 오랜 세월 부대끼며 살았던 사람들이 있고 그들과의 삶이 있는 곳. 서울에 눈이라도 내리는 날이었던가. 북쪽하늘을 바라보면서 그곳에서의 삶을 반추하고 그곳에 남겨두고 온 사람들을 그리워하고 그들과의 지나간 삶을 되돌아본다. 인간은 언제나 어리석은 존재라서 지나간 것, 잃어버린 것들을 되찾고 싶어 하고 그리워하도록 되어 있나 보다.

　시의 내용이사 읽어보면 어렵지 않게 알 수 있을 것이지만 몇 가지 낱말은 짚어야 할 것 같다. 모두가 북관 어휘들이라 낯설면서도 신비하다.

* 막북강 : 몽골 고원의 고비 사막 북쪽을 흐르는 강.

* 눈발귀 : 눈 위를 달리는 썰매 형태의 탈것.

* 백웅 : 흰곰, 또는 북극곰.

* 북성성 : 한자로 써서 北猩星인데 사전을 찾아도 웬만한 사전에는 나오지 않는 말이다. 어쨌든 북쪽에 있는 별인데 성성이 성猩자를 쓰는 걸로 보아 성성이(오랑우탄) 모양을 한 별인가 보다.

* 적성 : 샛별, 또는 明星.

* 북새北塞 : 북쪽의 요새(군사시설).

산 너머 남촌에는

1
산 너머 남촌에는 누가 살길래
해마다 봄바람이 남으로 오네.

꽃피는 사월이면 진달래 향기
밀 익는 오월이면 보리 내음새.

어느 것 한 가진들 실어 안 오리
남촌서 남풍 불 제 나는 좋데나.

2
산 너머 남촌에는 누가 살길래
저 하늘 저 빛깔이 저리 고울까.

금잔디 너른 벌엔 호랑나비떼
버들밭 실개천엔 종달새 노래,

어느 것 한 가진들 실어 안 오리
남촌서 남풍 불제 나는 좋데나.

3

산 너머 남촌에는 배나무 있고
배나무꽃 아래엔 누가 섰다기,

그리운 생각에 재에 오르니
구름에 가리어 아니 보이네.

끊었다 이어 오는 가는 노래는
바람을 타고서 고이 들리네.

같은 시인의 작품. 그냥 그대로 노래다. 아니 노래가 된 시다. 예부터 가장 좋은 시가 노래가 되는 법이다. 그것은 이 작품을 두고서도 예외가 아닐 터. 같은 제목으로 작곡된 노래를 박재란이란 미성의 여성가수가 불렀다. 해마다 봄이 오면 라디오나 텔레비전에서는 이 가수의 노래를 통과의례처럼 들려주고 지나간다.

　참 좋은 느낌을 준다. 인생이 고무적이다. 밝고 희망적이다. 어딘가 우리가 가보지 못한 곳을 그리워하는 마음을 갖게 해준다. 아, 올해도 봄이구나. 다시금 어깨를 펴고 봄을 살고 한 해를 살고 그래야지. 그런 소망을 준다. 이 얼마나 고마운 일인가. 노래의 힘이고 더 나아가서는 시가 주는 덕성이다. 때로는 시가 이렇게 약보다도 좋은 약의 구실을 한다.

　어쩐지 이 노래만 들으면 봄이 더욱 봄답고 봄이 더 화창한 것 같고 나의 인생에서도 무슨 일인가 좋은 일이 일어날 것만 같은 느낌을 준다. 모두가 시와 노래가 주는 속임수인가.

" 김 상 용 "

남으로 창을 내겠소

남으로 창을 내겠소
밭이 한참갈이
괭이로 파고
호미론 풀을 매지요

구름이 꼬인다 갈 리 있소
새 노래는 공으로 들으랴오
강냉이가 익걸랑
함께 와 자셔도 좋소

왜 사냐건
웃지요.

자연이 아름답고 기후가 온화한 땅을 찾아 집을 짓고 거기서 한가롭게 살아보는 것은 하나의 로망이다. 도시생활에 찌든 삶, 나이든 사람에게는 더욱 그러하다. 그것이 실현되면 좋겠지만 실현되지 않는다 해도 크게 나쁠 것은 없다. 요는 마음가짐이다. 꿈이다. 소망이다. 이 소망으로 우리는 어려운 삶 하루하루를 버티며 살아가는 것이다.

　이러한 꿈조차 나쁜 것이라 말하는 건 곤란하다. 나쁘다고 비난하면 더욱 안 된다. 음풍농월이라고 생각한다면 그 사람만 그렇게 생각하면 되는 일이다. 무엇이든 한 줄로만 세우고 자기 방식대로만 억지를 부리는 건 좋지 못하다. 전원서정, 자연회구, 귀거래는 동양인의 오래된 정신의 뿌리이며 한 전통이다.

　지은이는 김상용(金尙鎔, 1902~1951). 시인은 지금 볕바른 곳에 집을 짓고 남쪽으로 창을 내고 싶다는 꿈을 갖는다. 그리고는 그다지 크지 않은 밭에다 곡식이며 채소를 심고 괭이로 파고 호미로 풀을 매고 싶어한다. 벌써 옥수수가 사람 키를 넘게 자랐네. 구름이 먼 세상을 보여주며 꼬이지만 이미 그 세상을 다녀본 사람이기에 그 꼬임에 넘어가지 않는다. 그야말로 새소리는 공짜로 듣는 음악이다.

　옥수수가 자라면 거기서 강냉이가 나온다. 정확하게 말하면

옥수수 알갱이란 뜻이기도 하다. '강냉이'란 말은 시골스럽지만 귀엽고 정겨운 말이다. 그 강냉이를 누군가와 같이 나누어 먹고 싶다고 한다. 이 또한 작지만 귀한 소망이다. 가난한 마음이다. 손님이 물어오리라. 당신은 왜 사느냐고? 당신의 인생관은 무엇이냐고?

실상은 그런 물음 자체가 부질없는 것이다. 그러기에 그는 자연 속으로 돌아왔고 이러한 삶을 살지 않는가? 그래서 그냥 웃기만 하겠단다. 웃음이 말인 셈이고 대답인 셈이다. '누군가 날더러 산에 왜 사느냐고 묻는다면 웃기만 하고 답하지 않겠소, 그 마음이 더 편해서. (問余何事栖碧山/ 笑而不答心自閑)'. 이것은 이태백의 유명한 시의 한 문장이기도 하다.

" 김 소 월 "

엄마야 누나야

엄마야 누나야 강변 살자,
뜰에는 반짝이는 금모래 빛,
뒷문 밖에는 갈잎의 노래
엄마야 누나야 강변 살자.

내가 처음 김소월(金素月, 1902~1934) 시인의 시를 읽은 것은 역시 고등학교 1학년인 16세 때. 「못 잊어」, 「예전엔 미처 몰랐어요」, 「접동새」 같은 지극히 애상적인 시를 읽었을 것이다. 그냥 단순한 연애시로만 알고 읽기 십상이다.

　끝내 김소월의 시는 연애다, 라는 고정관념을 버리지 못하는 사람들이 많을 것이다. 하지만 오래 시를 공부하면서 읽어보니 김소월의 시가 한국의 시 가운데서 가장 어려운 시라는 것을 알았다.

　독학자의 한계였을까. 어쨌든 김소월의 시는 읽을수록 어렵게 느껴졌다. 그냥 감상자가 아니라 시를 쓰는 사람 입장으로 읽으니 더욱 그랬다. 어떻게 이런 시를 썼을까? 감탄이 절로 나왔다.

　천래의 시인. 그는 하늘에서 내려온 하늘의 시인이었다. 33세 일기로 세상을 떠났지만 그만큼 세월로도 그의 시를 완성하기에는 충분한 지상의 날들이었다. 한국어로 시를 쓰는 시인 가운데 누가 있어 김소월의 시세계를 뛰어넘으랴….

　독일사람 괴테가 말하기를 '좋은 시란 어린이에게는 노래가 되고 청년에게는 철학이 되고 노인에게는 인생이 되는 시'라고 했다. 이 말 앞에 떠오르는 한국의 시가 있다면 그것은 오직 「엄마야 누나야」 이 작품 한 편 뿐이다. 무슨 말을 더 보태랴.

옛이야기

고요하고 어두운 밤이 오면은
어스레한 등불에 밤이 오면은
외로움에 아픔에 다만 혼자서
하염없는 눈물에 저는 웁니다

제 한 몸도 예전엔 눈물 모르고
조그마한 세상을 보냈습니다
그때는 지난날의 옛이야기도
아무 설움 모르고 외웠습니다

그런데 우리 님이 가신 뒤에는
아주 저를 버리고 가신 뒤에는
전날에 제게 있던 모든 것들이
가지가지 없어지고 말았습니다

그러나 그 한때에 외워 두었던
옛이야기뿐만은 남았습니다
나날이 짙어가는 옛이야기는
부질없이 제 몸을 울려줍니다

오늘날 젊은 세대들이 읽을 때는 이런 시를 명시라고 옮겨 놓았나 생각할지도 모른다. 어쩌면 이 시를 여기에 올린 것은 오로지 내 개인의 취향에 따른 것일 수도 있다. 젊은 시절 나는 어디선가 이 노래 악보를 구해 오랫동안 혼자서 오르간을 치면서 노래로 불렀던 기억이 있다. 주로 외롭거나 쓸쓸하거나 슬픈 마음이 들었을 때 그랬을 것이다.

그러면 외롭고 쓸쓸하고 슬픈 마음이 조금씩 누그러지고 위로 받는 느낌을 받았다. 정세문이란 작곡가가 곡을 붙인 마이너의 곡이다. 작곡가는 초등학교 시절 여자 친구를 떠올리며 작곡했다고 한다. 나는 비록 초등학교 시절 여자 친구가 없었지만 이 노래 속에서만은 마음이 그럴 수 없이 편안했던 것은 스스로 생각해도 기이한 일이다.

김소월 시인의 작품은 주로 짙은 색조의 감정으로 되어있다. 자줏빛이라도 꽃자줏빛이요 주황색이라도 검붉은 주황색이다. 다만 혼곤하여 아편이나 술처럼 사람을 취하게 하고 마비시키기까지 한다. 그런 가운데 이 시는 비교적 호흡이 가볍고 그 정서적 색조도 밝은 편이다.

시를 읽을 때 시인의 시 읽기와 평론가의 시 읽기는 영판 다르다. 평론가의 시 읽기가 내려다보면서 분석하고 뒤져보고 트집을 잡기 위한 시 읽기라면, 시인의 시 읽기는 우러러

보면서 느끼고 배우고 장점을 찾아내기 위해서 하는 시 읽기다. 그러므로 평론가의 시 읽기는 일회성으로 끝이 나지만 시인의 시 읽기는 평생을 두고 하는 시 읽기다.

처음 나는 김소월의 시가 단순한 연애시인 줄로만 알았다. 그런데 읽어보니 그것이 아니었다. 읽으면 읽을수록 새롭고 감탄이 나오는 것이 김소월의 시편이다. 자연스런 어조와 순연한 모국어의 활용은 그렇다 치더라도 영혼의 출렁임이 솟구쳐 나오는 정서의 발로야말로 그 누구도 따라갈 수 없는 탁월이다.

내 나이 이제 74세. 김소월 시인보다(아니 김소월 선생보다) 2배하고서도 10년을 살며 시 쓰기를 멈추지 않았지만 아직도 김소월 시의 그 유려함과 곡진함을 따라갈 수가 없다. 나의 이적지 시 쓰기는 어쩌면 김소월 한 사람의 시를 따라잡기 위한 고달픈 과정이 아니었나 싶다. 끝내 나는 김소월 시의 높이와 깊이, 그 처절함을 극복하지 못하겠거니 싶다.

위의 시 「옛이야기」는 칠오조 정형시다. 노래로 작곡하기는 좋겠지만 현대시로서의 매력은 많이 떨어진다. 하지만 시가 참 예쁘다. 어쩌면 이 조그만 주제를 가지고 이렇게까지 아기자기 시를 엮었을까. 다시 한 번 감탄이 거기에 있다.

"

하지만 시가 참 예쁘다.
어쩌면 이 조그만 주제를 가지고
이렇게까지 아기자기 시를 엮었을까.
다시 한 번 감탄이 거기에 있다.

"

나는 세상모르고 살았노라

'가고 오지 못한다'는 말을
철없던 내 귀로 들었노라.
만수산 올라서서
옛날에 갈라선 그 내 님도
오늘날 뵈올 수 있었으면.

나는 세상모르고 살았노라.
고락에 겨운 입술로는
같은 말도 조금 더 영리하게
말하게도 지금은 되었건만.
오히려 세상모르고 살았으면!

'돌아서면 무심타'고 하는 말이
그 무슨 뜻인 줄을 알았으랴.
제석산 붙는 불은 옛날에 갈라선 그 내님의
무덤의 풀이라도 태웠으면!

쉬지근한 시, 조금은 생활에 짜들어 시들한 인생의 시다. 지쳐있고 목이 쉬어 있는 한 사람의 넋두리가 담겼다. 옛날을 되돌아보며 아쉬워하고 있고 후회하기도 하고 있다.

혼자다. 사랑하는 사람(님)이 있었지만 그는 헤어진 사람이고 끝내는 세상을 뜬 사람이다. 다만 뒤에 남은 사람의 소망은 그 님의 무덤에 난 풀을 태워주는 것쯤이다.

다시 만나자 그러지만 그것은 이미 어그러진 소망임을 안다. 왜인가? 그 님은 이미 세상에 없는 사람이기 때문이다. 그 님의 무덤에 난 풀을 태워서 어쩌자는 말인가! 결국은 자기 마음이 타고 있다는 간접표현일 것이다.

아무래도 이 시에서 압권은 "나는 세상모르고 살았노라"이다. 그런데도 다시금 이 사람이 원하는 세상은 '오히려 세상모르고 살았으면!' 꿈꾸는 세상이다. 내 마음이 그 마음. 알다가도 모를 일. 세월이 한참 흐르긴 했지만 변하지 못하는 철없음은 어쩔 수 없는가 싶다.

첫치마

봄은 가나니 저문 날에,
꽃은 지나니 저문 봄에,
속없이 우나니, 지는 꽃을,
속없이 느끼나니 가는 봄을,
꽃 지고 잎 진 가지를 잡고
미친 듯 우나니 집난이는
해 다 지고 저문 봄에
허리에도 감은 첫치마를
눈물로 함빡히 쥐여짜며
속없이 우노나 지는 꽃을,
속없이 느끼노나 가는 봄을.

김소월 시인의 시를 전집으로 여러 차례 읽어본 사람이라도 이 시는 잘 기억이 나지 않을 것이다. 풀숲 사이 산나리처럼 숨어있는 소품이다. 그렇지만 이 시는 《개벽》(1922년 1월호)에 발표된 작품이고 시인이 생전에 낸 유일한 시집인 『진달래꽃』(1925년)에 실려 있는 작품이다.

　질퍽하고 물큰하다. 그것이 액체라면 질퍽할 것이요 만져지는 그 무엇이라면 물큰하다 할 것이다. 기교나 수사 같은 것에 신경 쓸 여유조차 없는 상황이다. 그냥 항아리나 물동이에 담긴 것을 쏟아 부은 듯하다. 그런 만큼 원색적이고 절실한 느낌이 강하다.

　우선 '집난이'란 누구인가? 나그네? 뜨내기? 집난이란 북한말로 '시집간 딸을 이르는 말'이라고 한다. 그러고 보니 시인의 고향은 북한 지역인 평안북도 정주. 시집간 여성이 봄을 느끼며 시집살이의 고달픔을 호소하며 친정 그리운 마음에 섧게 운다는 내용이다.

　'첫치마'란 또 어떤 치마인가. 이것은 아마도 시인이 만든 조어가 아닌가 싶다. 시집 올 때 입고 온 치마, 첫 번째 치마란 뜻이 숨었지 싶다. 왜 이 시가 새삼 마음에 와 닿았을까? 그것도 100년 전의 작품이다. 세월은 가고 세상은 바뀌어도 바뀌지 않는 것은 봄이란 계절이고 그 봄을 맞는 우리네 안타까운 심사가 아닌가 싶다.

꽃샘추위, 황사바람 속에 까치발 딛고 바라보며 왜 안 오나, 안 오나, 기다리다 보면 어느새 곁에 와 잠시 쪼그리고 앉았다가 훌쩍 떠나가 버리는 봄. 해마다 조금씩 더 짧아지는 봄. 종내는 아주 사라지고 종적을 감추고 말 봄. 과연 우리에게 봄이란 것이 있기나 했던가.

오래 기다리기에 더욱 아쉽고 짧게 왔다가 이내 떠나기에 더욱 서러운 봄인가 한다. '춘래불사춘春来不似春'. 봄이 왔지만 봄 같지 않다. 꽃샘추위, 봄이 오면 어른들 중얼거리는 말씀도 그 어름에 있겠지 싶다.

66

'첫치마'란 또 어떤 치마인가.
이것은 아마도 시인이 만든 조어가 아닌가 싶다.
시집 올 때 입고 온 치마,
첫 번째 치마란 뜻이 숨었지 싶다.

99

초혼

산산이 부서진 이름이여!
허공중에 헤어진 이름이여!
불러도 주인 없는 이름이여!
부르다가 내가 죽을 이름이여!

심중에 남아 있는 말 한 마디는
끝끝내 마자하지 못하였구나.
사랑하던 그 사람이여!
사랑하던 그 사람이어!

붉은 해는 서산마루에 걸리었다.
사슴의 무리도 슬피 운다.
떨어져나가 앉은 산 위에서
나는 그대의 이름을 부르노라.

설움에 겹도록 부르노라
설움에 겹도록 부르노라.
부르는 소리는 비껴가지만
하늘과 땅 사이가 너무 넓구나.

\>

선 채로 이 자리에 돌이 되어도
부르다가 내가 죽을 이름이여!
사랑하던 그 사람이여!
사랑하던 그 사람이여!

대갈일성, 고함소리다. 통곡이다. 주변을 살필 여유도 없다. 그냥 내지르는 소리다. 마치 화산이 폭발하듯 하는 소리와 감정의 용암이 용출하고 있다. 개인의 감정을 소재로 하여 가장 격렬한 시를 찾으라면 아마도 이 시가 아닐까 한다.

애당초, 시라는 것은 처음부터 이렇게 제정신 아니게 소리 지르는 문장이 아니다. 격하긴 해도 안으로 다스리고 누른 나머지 그런 대로 고운 소리로 발성해야 하는 것이 시이다.

하지만 이 시는 아니다. 내부에 너무나도 격한 감정이 들끓고 있기에 전후좌우 살필 겨를이 없었던 것이다. 초혼. 죽은 자, 망자의 혼을 부르는 행위. 돌아오라고 더 멀리 가지 말라고 부르는 소리. 그 앞에 어찌 체면차림이 있고 예의범절의 절차가 있단 말인가!

박두진 시인이 작사한 「6·25의 노래」가 "아아 잊으랴 어찌 우리 이 날을"과 같이 격한 문구로 출발시키는데 이 시 역시나 격한 문구로 시작하여 울음을 토하듯, 하고 싶은 말들을 쏟아내다가 다시금 격한 톤으로 끝을 맺는다.

시를 읽고 난 뒤의 심정이 얼얼하다. 망자 앞에 시인이 끝내 하지 못했던 말은 무엇이었을까? "심중에 남아 있는 말 한 마디" "끝끝내 마자하지 못"한 말은 무엇이었을까?

사랑하는 사람을 두고 아마도 그것은 '사랑한다'는 말이었을 것이다. 하지만 그 말을 사랑하는 이가 가까이 있을 때, 살아 생전에 하지 못한 어리석음으로 그 말은 다시금 통곡이 되고 망부석이 되기도 한다.

진달래꽃

나 보기가 역겨워
가실 때에는
말없이 고이 보내 드리우리다

영변에 약산
진달래꽃
아름 따다 가실 길에 뿌리우리다

가시는 걸음걸음
놓인 그 꽃을
사뿐히 즈려밟고 가시옵소서

나 보기가 역겨워
가실 때에는
죽어도 아니 눈물 흘리우리다

환상적인 도치법이요 소름 돋는 역설이다. 자기를 보기 싫다하여 떠나는 사람 앞에 죽어도 눈물 같은 것은 흘리지 않겠노라는 고백은 얼마나 지독한 마음인가! 하지만 영변의 진달래꽃을 아름 따서 가시는 길에 깔아 줄 터이니 그 꽃이나 밟으며 가라는 당부는 얼마나 뻔하게 드러난 속내인가!

이 꽃이 내 마음입니다. 이 꽃 이파리 하나하나가 나의 육신입니다. 그러니 나를 떠나고 싶으면 이 꽃을 밟고 떠나시소. 그것은 얼마나 징그럽고도 무서운 저주인가! 그래도 우리는 이 문장을 그저 아름답게만 읽고 그 아름다움에 취하고 또 취한다.

진달래꽃의 마력이다. 시의 문장이 주는 고혹이다. 그나저나 저 시에 나오는 종결어미 부분들을 보시라. "고이 보내 드리우리다", "아름 따다 가실 길에 뿌리우리다", "사뿐히 즈려밟고 가시옵소서", "죽어도 아니 눈물 흘리우리다", 이러한 말들의 아름다움을 세상천지 어디 가서 찾아볼 수 있단 말인가.

그 눈부신 언어의 아름다움이여. 차라리 나는 시 가운데 나오는 죽음이나 사랑 앞에 감격하기에 앞서 시에 동원된 언어의 찬란한 향연 앞에 넋을 잃는 소년이었던 것이다. '사뿐히 즈려밟고', 외우고 외우다 보면 나 스스로 누군가를 버리고 떠나는 사람이 되어 그만 훌쩍이며 우는 사람이 되고 말리라.

　우리나라의 시사에는 '꽃시의 역사'가 있다. 그 출발은 김소월의 '진달래'와 한용운의 '해당화'. 그 이후로 이육사의 '꽃', 서정주의 '국화', 김영랑의 '모란', 유치환의 '수선화', 김동명의 '파초', 박목월의 '산도화', 김춘수의 '꽃'이 있어왔다. 오늘의 시인, 미래의 시인들은 여기에 어떠한 꽃시를 보탤 것인가.

66

진달래꽃의 마력이다.
시의 문장이 주는 고혹이다.

99

가는 길

그립다
말을 할까
하니 그리워

그냥 갈까
그래도
다시 더 한 번……

저 산에도 까마귀, 들에 까마귀,
서산에는 해 진다고
지저귑니다.

앞 강물, 뒷 강물,
흐르는 물은
어서 따라 오라고 따라 가자고
흘러도 연달아 흐릅디다려.

시란 문학형식은 언어 가운데서도 음성언어를 중심으로 써져야 더 실감이 있고 순발력이 따른다는 것을 아주 잘 보여주는 작품이다. 또한 감정의 우선순위에 따라 말을 받아 써야 한다는 것을 또 잘 보여주는 작품이다.

　읽으면 그대로 시인이 시를 쓰며 느꼈을 가슴의 울렁임과 울컥! 하는 마음을 공유할 수 있게 된다. 그냥 좋다는 느낌이 온다. 좋은 시를 두고 이보다 더 귀한 동참이 어디 더 있을까. 시는 그야말로 감동의 문장이다.

　감동은 마음의 움직임 그 자체. "그립다/ 말을 할까/ 하니 그리워". 이런 표현은 도대체 어디서 왔단 말인가! 그립다는 말은 할까 말까 망설였는데 정작 그립다는 말을 했더니만 그리운 마음이 들었다니… 그립다는 말을 할까 말까 망설이는 사람, 그러다가 끝내 그 말을 참지 못하고 뱉어버리는 사람의 호흡까지가 그대로 전해져 온다.

　그러다가도 마지막 부분에서는 짐짓 호흡을 가누면서 마음의 다스림을 전한다. "흘러도 연달아 흐릅디다려." '디다'란 말은 누군가로부터 들었다는 뜻으로 사용된 간접화법이다. 거기다가 '려'가 붙으면 더욱 율격화가 되어 문장이 치렁치렁 유려해진다.

　이러한 멋스러움을 신문학 초기에 이미 사용했다니 시인의 천재성에 저절로 고개가 숙여진다. 그저 나는 김소월의 시편 앞에서 번번이 무릎을 꿇는 굴복이 있다.

김소월의 시에는 새가 많이 나오는데 이 시에서는 '까마귀' 다. 우리나라에서는 흉조로 알려진 새. 하지만 이 시에서 까마귀는 다정한 이웃이거나 친구로 등장한다. 차라리 길동무다. 그만큼 시인의 상황이 절박하다는 증거일 터. 새라 해도 인격화된 새이다.

> 감동은 마음의 움직임 그 자체.
> "그립다/ 말을 할까/ 하니 그리워".
> 이런 표현은 도대체 어디서 왔단 말인가!

산유화

산에는 꽃 피네
꽃이 피네
갈 봄 여름 없이
꽃이 피네

산에
산에
피는 꽃은
저 만치 혼자서 피어 있네

산에서 우는 작은 새여
꽃이 좋아
산에서
사노라네

산에는 꽃 지네
꽃이 지네
갈 봄 여름 없이
꽃이 지네

그냥 그대로 한 폭의 산수화다. 소소하게 자취 없이 피어나는 꽃이 있고 유순하게 흘러가는 춘하추동 세월이 있다. 늘상 질퍽하게 젖어있게 마련인 시편들 가운데 유독 삽상하고 드라이하기까지 한 시편이다.

　산수화, 그림에 비긴다 해도 선이 굵고 색깔이 짙은 화면이 아니라 선이 가늘고 맑은 담채의 그림이다. 속이 그대로 들여다보이는 연못물 같다. 시인의 생애 어느 길목에 이런 한일의 날들이 허락되었던가. 기껍기까지 한 일이다.

　산과 꽃과 새. 그들은 평화와 조화의 상징이다. 서로 그 자리에 있어 방해받지 않을뿐더러 방해하지도 않는 상대다. 왜인가? "저만치" 거리가 보장되었고 "혼자" 서 있기 때문이다. 아, 우리는 젊은 시절 얼마나 사랑하는 사람을 가까이 두기 위해 안달복달했던가.

　하지만 가까이 서로 있어서 좋기만 했던가. 정말로 사랑하는 연인 사이 결혼을 하여 한 지붕 아래 살면서 연애하던 때처럼 좋기만 했던가. 사랑하는 사람들끼리 '거리'가 필요하다는 걸 알았을 때는 상당부분 망가뜨려진 다음의 일이니 이 또한 통탄이 아닐 수 없겠다.

　이미 고인이 된 시인들이긴 하지만 이성선, 송수권과 내가 동시대의 시인으로서 신의를 손상 받지 않고 교유하며 살았던

것은 서로가 적당한 거리를 유지했기 때문이리라. 사는 지역
도 거리가 있었고 추구하는 시세계도 같으면서도 서로 다른
'화이부동'이 있었기 때문이 아니었나 싶다.

> 그냥 그대로 한 폭의 산수화다.
> 소소하게 자취 없이 피어나는 꽃이 있고
> 유순하게 흘러가는 춘하추동 세월이 있다.

꿈꾼 그 옛날

밖에는 눈, 눈이 와라,
고요히 창 아래로는 달빛이 들어라.
어스름 타고서 오신 그 여자는
내 꿈의 품속으로 들어와 안겨라.

나의 베개는 눈물로 함빡히 젖었어라.
그만 그 여자는 가고 말았느냐.
다만 고요한 새벽, 별 그림자 하나가
창틈을 엿보아라.

젊은 시다. 조금은 에로틱한 분위기도 들어 있고. 남성치고 밤에 꿈을 꾸면서 여자의 꿈을 꾸지 않는 사람이 있을까? 아니라면 그것은 필경 거짓말이다. 젊은 시절 그런 꿈을 많이 꾸었을 것이다.

눈이 오는 밤이라면 더욱 길고 고요하여 잠도 달고 꿈도 깊었을 터이다. 그 밤에 또 달빛이 비치기까지 했단 말인가. 하지만 꿈속에서 만난 사람은 정체불명이어서 오래 머물지 않고 떠나기 십상이다. 그러기에 여자가 나오는 꿈은 애달프고 섭섭하기만 한 꿈이다.

그나저나 시인은 꿈속에서 여자를 만나고 그 여자를 안고 울기까지 하여 눈물로 베개를 함빡 적시기까지 했더란 말인가! 나는 데뷔작 「대숲 아래서」란 시에서 "어제는 보고 싶다 편지 쓰고/ 어제밤 꿈엔 너를 만나 쓰러져 울었다", 이런 구절을 썼는데 여기서 '쓰러져 울었다'라는 대목이 두고두고 창피스러웠던 기억이 없지 않았다.

꿈속에서 여인을 만나 울기도 했던 우리들 젊은 날들이여. 안녕, 안녕히. 잘 가시게. 우리가 언제 어떤 모습으로 다시 만날 수나 있을지 모르겠네그려.

왕십리

비가 온다
오누나
오는 비는
올지라도 한 닷새 왔으면 좋지.

여드레 스무 날엔
온다고 하고
초하루 삭망이면 간다고 했지.
가도 가도 왕십리 비가 오네.

웬걸, 저 새야
울려거든
왕십리 건너가서 울어나다고,
비 맞아 나른해서 벌새가 운다.

천안 삼거리에 실버들도
촉촉히 젖어서 늘어졌다네.
비가 와도 한 닷새 왔으면 좋지.
구름도 산마루에 걸려서 운다.

북쪽이 고향인 사람. 평북 정주가 고향이고 오산에서 학교를 다녔던 사람. 김소월이 잠시 서울에 머물기도 했던가 보다. 왕십리. 서울의 한 변두리마을을 매우 정감어린 마음으로 쓰다듬는 시를 남겼다.

　중얼거리는 말투다. 반복적으로 말을 하면서 느낌을 굴리고 생각을 밀고 간다. 시인 특유의 어법. 때로는 시가 이렇게 고백투로 나가기도 한다. 하기사 고백할 줄 모르고 하소연할 줄 모르는 사람은 이미 시인이 아닌 사람이겠다.

　누군가 한 사람 기다리는 사람이 있나 보다. 그러나 그는 지금 오지 않은 듯. 시인은 다만 우중 행. 끝없이 내리는 비를 바라보면서 오만가지 상념에 젖는다. 여드레면 8일이고 스무날이면 20일이고 초하루 삭망이면 1일이다.

　그 날짜들 사이에 누군가 왔다 가기로 약속했지만 오지 않은 사람이 있었던가보다. 고독한 나머지 시인은 또 새소리를 듣는다. 새는 벌새. 조그만 새라는 뜻일 게다. 그런데 왜 느닷없이 '천안삼거리'인가?

　버드나무 늘어진 것을 보며 시인의 상상이 잠시 천안에 가 있었던가보다. 말투 또한 "늘어졌다네". 누구가로부터 들었다는 듯 심드렁하다. 뜨내기 되어 길에 나선 몸, 게다가 "가도 가도 왕십리 비가 오"는 거리. 오락가락 스산하고 흔들리는 마음이다.

길

어제도 하룻밤
나그네 집에
까마귀 까악까악 울며 새었소.

오늘은
또 몇 십 리
어디로 갈까.

산으로 올라갈까
들로 갈까
오라는 곳이 없어 나는 못 가오.

말 마소 내 집도
정주 곽산
차 가고 배 가는 곳이라오.

여보소 공중에
저 기러기
공중엔 길 있어서 잘 가는가?

＞

여보소 공중에

저 기러기

열십자 복판에 내가 섰소.

갈래갈래 갈린 길

길이라도

내게 바이 갈 길은 하나 없소.

길이란 말처럼 양면성, 다의성을 지닌 말도 드물 것이다. 별, 꽃, 바람, 구름과 같은 자연을 가리키는 말들과 어머니, 사랑 등과 같이 휴머니티가 발동되는 말들과 함께 많은 암시를 주는 말이다.

　길 앞에서 우리는 가능성과 미래지향을 느낀다. 하지만 길 위에서 또 우리는 무한히 고달프고 지치고 주저앉고만 싶은 피곤을 느끼고 절망을 맛보기도 한다. 젊은 시절 읽은 바, 문학작품들 가운데에서 독일의 아히엔도르프나 괴테, 헤세와 같은 시인들의 시는 다분히 길 위에서 생성된 것들이다.

　우리의 김소월. 그의 길도 소망이 깃든 밝은 길이 아니라 고달프고 지친 길이다. 하룻밤을 나그네 잠자리로 빌어 얻고 난 뒤에 바라보는 길. 어제도 걸었지만 오늘도 가야할 길. 하지만 그 길은 별반 밝아 보이지 않는 길이다.

　식민지 치하. 젊은이에게 무슨 마뜩한 길이 마련되었을까 보냐. 어제도 걸었고 오늘도 걸었지만 산으로 오를 수도 없고 들로 갈 수도 없는 뜨내기의 길. 어디든 가고는 싶지만 갈 곳이 없다는 하소연이다. 그야말로 막막한 심정.

　시인은 자주 새를 보고 새소리를 듣는 사람인가 보다. 이번에는 구체적인 새, 기러기다. 길 없는 하늘을 잘도 가는 기러기. 그러나 시인은 스스로 그 기러기가 잘도 가는 하늘의 복판,

열십자+ 그 중심에 서 있다고 말한다.

　길은 많다. 갈래갈래 갈린 길. 그렇지만 내가 갈 길은 '바이 _(전혀) '하나도 없'는 게 문제다. 무릎 꿇고 싶은 새까만 절망. 오늘날 취업난이다. 삼포다. 번 아웃이다.라고 말하는 젊은 이들에게도 이런 절망이 있지 않을까. 길 없는 길. 길은 많은 데 내게는 하나도 허락되지 않은 길. 그 길이 문제다.

산

산새도 오리나무
위에서 운다
산새는 왜 우노, 시메산골
영 넘어 갈라고 그래서 울지.

눈은 내리네, 와서 덮이네.
오늘도 하룻길
칠팔십 리
돌아서서 육십 리는 가기도 했소.

不歸, 不歸, 다시 不歸,
삼수갑산에 다시 不歸.
사나이 속이라 잊으련만,
오십 년 정분을 못 잊겠네.

산에는 오는 눈, 들에는 녹는 눈.
산새도 오리나무
위에서 운다.
삼수갑산 가는 길은 고개의 길.

툭툭 던지는 말투가 둔탁하지만 걸걸하고 정겹다. 여성의 목소리 일변도인 김소월의 시 가운데서 모처럼 남성의 목소리를 만난다. 또 새가 나온다. 이번에 나오는 새는 산새. 새는 시인에게는 시인 자신을 말해주는 그야말로 객관적 상관물이다.

왜 자꾸만 새일까? 새여야만 할까? 새는 자유의 상징. 그만큼 시인의 처지가 자유스럽지 못하다는 뜻이고 그런 만큼 자유스럽고 싶다는 욕망의 대리인으로 새일 것이다. 식민지 치하에 있는 젊은 영혼. 그에게는 모든 것들이 속박이요 저항이어서 세상은 그대로 감옥이었을 것이다.

높은 고개, 영. 그 위에 서있는 오리나무 수풀. 눈이 내리고 또 덮이고 어쩌란 말이냐. 발이 묶이고 고달픈 자에게 그 모든 것들은 절벽이고 암흑일 뿐이다. 더구나 하루에도 "칠팔십 리" 걷는 몸이고 "돌아서서 육십 리는 가기도" 하는 입장이다.

오래된 시인 김소월의 절망과 고통은 여전히 오늘의 것이고 내일의 것이기도 하다. 나는 스스로 시적 계보를 따져 김소월 시인을 할아버지 정도로 생각하는 사람이다. 할아버지 시절의 절망과 암흑을 손자가 다시금 느끼는 마음이라 그럴까.

"시메산골". 깊은 산골이란 말. 처음 시를 읽으면서 의아한
마음이기도 했다. 게다가 "불귀", 不歸란 말은 다시는 살아서
돌아올 수 없다는 뜻으로 죽음을 의미한다. '삼수갑산을 가더
라도 정신만은 차리자.'에 나오기도 하는 "삼수갑산"은 또 얼
마나 멀고 아득한 땅이고 강물이란 말이냐!

" 김 영 랑 "

모란이 피기까지는

모란이 피기까지는

나는 아직 나의 봄을 기둘리고 있을 테요

모란이 뚝뚝 떨어져버린 날

나는 비로소 봄을 여읜 설움에 잠길 테요

오월 어느 날 그 하루 무덥던 날

떨어져 누운 꽃잎마저 시들어버리고는

천지에 모란은 자취도 없어지고

뻗쳐오르던 내 보람 서운케 무너졌느니

모란이 지고 말면 그뿐 내 한 해는 다 가고 말아

삼백 예순 날 하냥 섭섭해 우옵네다

모란이 피기까지는

나는 아직 기둘리고 있을 테요 찬란한 슬픔의 봄을

실상 시는 중앙의 산물이 아니고 지방의 산물이다. 언어로 보아서도 표준어 중심이 아니라 지방어로 쓰여진 문장이다. 미세하게 단어만 그렇다는 것이 아니라 어조 자체가 그런 것이다.

그것이 진정 그러할 때 북쪽지방의 언어로 쓰여진 시로 김소월, 이용악, 백석이 있다면 남녘 언어로 쓰여진 시에는 김영랑, 서정주, 박목월이 있다 할 것이다. 김영랑, 서정주가 호남이라면 박목월은 영남.

우리가 김영랑(金永郎, 1903~1950) 시인의 작품을 읽을 때 가장 먼저 만나는 것은 그의 치렁치렁한 어감이다. 전라도 말에서 오는 조금은 미끈거리는 어감 말이다. 거기서 언어의 향기가 나오고 율감이 나오고 문장의 리듬감이 창출된다. 낭창낭창 휘어지는 아어체는 우리의 마음을 부드럽게 감싸 안아준다.

저절로 마음이 편안해지리라. 모진 마음조차 부드러워지리라. 무거운 짐조차 내려놓고 싶겠지. 시의 언어가 주는 축복이요 기꺼움이다. 이러한 덕성은 좋은 음악을 들을 때나 아름다운 그림을 볼 때 느끼는 것과 같은 효과다.

젊어서 시인이 서울에서 공부하다가 천재무용가와 연애를 했는데 양가의 반대로 결혼까지 가지 못하고 낙향하여 상심한 마음으로 이 시를 썼다고 말하는 것은 후일담이거나 전설 같은 이야기일 뿐이다. 문제는 시이고 시에 담긴 정조다. 그 정조가 오늘까지도 남아 우리를 울리고 어르고 달래주는 것이다.

"삼백 예순 날 하냥 섭섭해 우옵네다". 이 문장 가운데 '하냥'이란 말이 나에겐 문제였다. 처음 이 시를 읽을 때 나는 '하냥'을 '함께'로 읽었다. 하지만 현지인들의 용례를 들어보니 그것은 '언제나'가 맞았다. 시 읽기란 것이 번번이 쉬운 것 같지만 참 만만치 않은 문제다.

"

우리가 김영랑(金永郞, 1903~1950) 시인의 작품을 읽을 때
가장 먼저 만나는 것은 그의 치렁치렁한 어감이다.
전라도 말에서 오는 조금은 미끈거리는 어감 말이다.

"

내 마음을 아실 이

내 마음을 아실 이
내 혼자 마음 날같이 아실 이
그래도 어데나 계실 것이면

내 마음에 때때로 어리우는 티끌과
속임없는 눈물의 간곡한 방울방울
푸른 밤 고이 맺는 이슬 같은 보람을
보밴 듯 감추었다 내어 드리지

아! 그립다
내 혼자 마음 날같이 아실 이
꿈에나 아득히 보이는가

향 맑은 옥돌에 불이 달아
사랑은 타기도 하오련만
불빛에 연긴 듯 희미론 마음은
사랑도 모르리 내 혼자 마음은

사랑의 마음은 언제나 불안정한 마음이고 요지경에 가까운 마음이다. 채색된 마음이고 꿈꾸는 마음이다. 스스로에게 최면이 걸리는 마음이랄까. 야튼 자기 아닌 마음이 되고 자기 아닌 다른 내가 된다. 그러면서도 즐겁고 감사한 느낌까지를 갖게 되니 알다가도 모를 일이다.

　속고 속이는 마음이다. 세상에는 없는 것을 그리워하는 마음이다. "내 혼자 마음 날같이 아실 이". 그런 사람이 어디에 있을까? 불가능을 그리워하는 마음도 사랑이 시켜서 하는 일이다. 발길조차 허둥대리라. 숨이 가빠지면서 가슴도 부풀어 오르리라.

　그런 마음이라면 바람을 안았다 해도 좋고 구름 무동을 탔다 해도 좋겠지. 믿을 수 없는 것을 믿는 마음이 사랑이다. 없는 것을 있는 것처럼 꿈꾸는 마음이 사랑이다. 이러한 속임수에 우리는 얼마나 오랫동안 현혹되어 살았던가.

　'이제 당신이 거짓말을 해도 나는 그 말을 믿겠어요.' 어느 영화에서 들었던가, 잊혀지지 않는 여자 주인공의 대사 한 도막이다.

돌담에 속삭이는 햇발

돌담에 속삭이는 햇발같이
풀 아래 웃음 짓는 샘물같이
내 마음 고요히 고운 봄길 위에
오늘 하루 하늘을 우러르고 싶다

새악시 볼에 떠오는 부끄럼같이
詩의 가슴 살포시 젖는 물결같이
보드레한 에메랄드 얇게 흐르는
실비단 하늘을 바라보고 싶다

시는 결코 큰 걸음이 아니고 작은 걸음이고 성큼 앞으로 나아가는 것이 아니라 제자리에서 맴을 도는 것이란 것을 이러한 시가 알려준다. 조그만 단서다. 햇발, 샘물, 부끄럼, 물결, 그런 미세한 대상들을 동원해서 반복적으로 속삭이는 것이 시의 어법이다.

거기서 출렁임과 울렁임이 생겨난다. 시인이 언어를 통해서 주는 감흥이다. 본래는 시인이 시를 쓸 때 가졌던 감흥인데 그것이 시인의 언어 안에 갇혀 있다가 독자에게로 온 것이다. 세월의 간극을 뛰어넘어 그것도 미지의 독자에게로 온 것이다. 이것이 놀라운 것이다. 그래서 시인은 죽어도 시는 살아남는다는 말이 생기는 것이다.

두어 차례 전남 강진의 영랑생가에 가 본 일이 있다. 생전에 시인이 유복하게 살았다는 느낌이 왔다. 시인이 생가 가까이 시문학파문학관도 새로 생겼지만 시인이 걸었을 골목길이 그대로 보존되어 있고 더구나 돌담이 그대로 있어서 특별한 인상이었다. 그야말로 '돌담에 속삭이는 햇발같이'란 시 구절이 저절로 입술에 떠오르는 듯한 감회였다.

물 보면 흐르고

물 보면 흐르고
별 보면 또렷한
마음이 어이면 늙으뇨

흰날에 한숨만
끝없이 떠돌던
시절이 가엾고 멀어라

안쓰런 눈물에 안겨
흩은 잎 쌓인 곳에 빗방울 듣듯
느낌은 후줄근히 흘러흘러가건만

그 밤을 홀히 앉으면
무심코 야윈 볼도 만져 보느니
시들고 못 피인 꽃 어서 떨어지거라

실은 시인도 잘 모르고 썼을 것이다. "물 보면 흐르고/ 별 보면 또렷한/ 마음이 어이면 늙으뇨", 바로 이 구절. 인간 마음의 미묘한 실상과 비밀을 밝혀낸 구절이다.

　두 가지 마음이다. '물 보면 흐르고/ 별 보면 또렷한' 마음. 이것은 흔한 것 같지만 매우 소중한 마음이다. 마땅히 보존하고 간직해야만 하는 마음이다. 인간의 몸이 물에 닿아 있고 하늘에 닿아 있다는 것. 그것은 황당한 주장 같지만 맞는 말이다.

　나는 2007년도 죽을 고비를 넘긴 사람이다. 병원에서 오줌 줄을 요도에 끼고서 몇 달을 지낸 적이 있다. 병이 차도를 보여 의사가 오줌 줄을 제거해주었다. 저절로 빠져 나오던 오줌이 오줌 줄을 제거하고 나니 잘 나오지 않았다. 방광에 오줌이 찼는데도 오줌이 잘 나오지 않았다.

　큰일이다 싶어 수간호사와 면담을 청했다. 수간호사가 도움말을 주었다. 병실의 화장실 수도를 세게 틀어놓고 그 소리를 들으며 오줌을 누워보라고. 정말로 그렇게 했더니 오줌이 순조롭게 나와 주었다. 그 순간 떠오른 것이 바로 위의 시의 첫대목이다. 엉뚱한 인생의 고비에서 외우고 있던 시의 한 대목을 만난 것이다.

　'어이면 늙으뇨'. 이것은 결국 몸은 늙어도 마음은 늙지 않는다는 충고다. '신노심불로'가 거기에 있기도 하거니와 사람이 나이 들어서도 시를 즐기고 시를 쓰는 마음이 바로 거기에 있다. 시는 이렇게 늙어서도 늙지 않는 마음이다. 이렇게 한 줄의 시가 귀하고 소중하다.

" 노 천 명 "

사슴

모가지가 길어서 슬픈 짐승이여
언제나 점잖은 편 말이 없구나
관이 향그러운 너는
무척 높은 족속이었나 보다

물 속에 제 그림자를 들여다보고
잃었던 전설을 생각해 내고는
어찌할 수 없는 향수에
슬픈 모가지를 하고 먼 데 산을 쳐다본다

시인의 생애치고 유복하고 평온한 시인이 있을까 만은 노천명(盧天命, 1911~1957) 시인은 특히 생애가 안타까운 시인이다. 여성시인. 한국시사에서 제대로 된 시를 쓴 최초의 여성이다 싶은 여성시인. 외모도 곱상하고 학력도 높고 시도 좋았으니 당연히 명성이 있었으리라. 그것도 젊은 나이에 갑자기 주어진 명성이다.

재물도 마찬가지지만 명성이란 것이 젊은 나이의 그것은 사뭇 위태롭기까지 한 것이다. 조심해야 한다. 자칫하면 그 좋은 것이 짐이 되고 그 사람을 허무는 요인이 될 수도 있는 일이기에 그러하다. 이는 노천명 시인에게는 더욱 운명처럼 모질고 거칠지 않았나 싶다.

일제 식민지 치하에서 상당량의 친일시를 썼다. 해방공간에서는 좌익 문학단체인 조선문학가동맹에 드나들었을 뿐더러 6·26 전쟁 때는 피난을 가지 못하고 서울에 남는 바람에 부역하게 되어 9·28 수복 후 부역자 처벌 특별법에 의거 20년 형이 선고되어 수감되지만 김광섭의 구명운동으로 출옥을 한다.

그로부터 시인은 자존심에 큰 상처를 받고 건강까지 기울어 끝내는 재생불량성 빈혈이라는 희귀한 병으로 46세 이른 나이에 세상을 뜨고 만다. 결혼도 하지 않아 가족도 없는 혈혈

단신의 외로운 몸이다. 재주 있고 인물까지 고왔지만 인생만
은 고달프고 불행했던 여성이다.

　이러한 시인을 일러 뒷날 독자들은 친일을 한 시인이라고
일방적으로 비난하고 그의 작품까지 폄하하는데 이는 조금은
지나친 점이 없지 않다 싶다. 역지사지, 냉정을 되찾아 혼란
기에 유약한 여성이 세파에 휘말리며 불행하게 살았던 점을
이해주었으면 어떨까 싶다.

　시 「사슴」은 형식으로나 언어표현으로나 빼어난 작품이고
단아한 작품이다. "모가지가 길어서 슬픈 짐승", "슬픈 모가
지를 하고 먼 데 산을 쳐다"보는 사슴은 아무래도 시인 자
신의 초상이겠다. 자화상인 만큼 자아도취, 나르시슴이 없
지 않다.

　고고孤高, '외롭고도 높다'란 뜻이다. 그러기에 지키기도 어
렵다. 귀한 시적 자질과 아름다운 인물을 지키지 못한 시인
의 불행이 새삼 가슴 아프고 슬프다. 그래서 다시금 '슬픈 짐
승'이 눈에 밟힌다.

　시에 나오는 "향그러운"은 '향그럽다'가 어근인데 '향기롭
다'의 오류가 아니다. '향기롭다'가 후각만을 염두에 둔 것이
라면 '향그럽다'는 어떠한 형태나 동작까지도 염두에 둔 포
괄적인 단어다.

> "모가지가 길어서 슬픈 짐승",
> "슬픈 모가지를 하고 먼 데 산을 쳐다"보는
> 사슴은 아무래도 시인 자신의 초상이겠다.

이름 없는 여인 되어

어느 조그만 산골로 들어가
나는 이름 없는 여인이 되고 싶소
초가지붕에 박넝쿨 올리고
삼밭에는 오이랑 호박을 놓고
들장미로 울타리를 엮어
마당엔 하늘을 욕심껏 들여놓고
밤에는 실컷 별을 안고

부엉이가 우는 밤도 내사 외롭지 않겠소
기차가 지나가버리는 마을
놋양푼의 수수엿을 녹여 먹으며
내 좋은 사람과 밤이 늦도록
여우 나는 산골 이야기를 하면
삽살개는 달을 짖고
나는 여왕보다 더 행복하겠소

'사슴'의 시인 노천명의 후기 작품 가운데 한 편이다. 인생의 시련과 고락을 한껏 겪고 난 사람의 회한과 피곤이 묻어 있는 글이다. 도피심리가 들어 있다. 본래는 시골출신이지만 지금은 도회에서 사는 사람의 정서다.

　시인이 지금 꿈꾸는 행복의 항목이란 것들이 실현 불가능한 것들이라 많이 공소하다. 색종이 그림처럼 알록달록하다. 정작 시골에 찾아가보았자 거기에 이미 사라진 것들이기 십상이다. 그러므로 이것은 과거지향이고 패배의식의 결과물이기도 하다.

　시는 비판의 문학이 아니고 동정의 문학. 시에서 가장 소중한 것은 엠파시. 내 맘이 저 맘이야. 그 감정이입이 바로 시를 이끌고 가는 마음이고 힘이다. 오죽했으면 '이름 없는 여인이 되고 싶'었을까. 이름이 있다는 것, 유명하다는 것, 그것이 때로는 굴레가 될 수도 있었던 것이다.

　오늘에 이르러 우리는 이러한 시를 통해 도회인의 한 비애를 다시금 보고 실패한 여성의 안쓰러운 뒷모습을 본다. 전경前景이 화려했기에 후경後景은 더욱 쓸쓸하다.

" 박 용 철 "

떠나가는 배

나 두 야 간다
나의 이 젊은 나이를
눈물로야 보낼 거냐
나 두 야 가련다

아늑한 이 항군들 손쉽게야 버릴 거냐
안개같이 물 어린 눈에도 비치나니
골짜기마다 발에 익은 묏부리 모양
주름살도 눈에 익은 아— 사랑하던 사람들

버리고 가는 이도 못 잊는 마음
쫓겨가는 마음인들 무어 다를 거냐
돌아다보는 구름에는 바람이 희살짓는다
앞대일 언덕인들 마련이나 있을 거냐

나 두 야 간다
나의 이 젊은 나이를
눈물로야 보낼 거냐
나 두 야 간다

오늘날 독자들은 박용철(朴龍喆, 1904~1938)이란 시인을 광범하게 기억하지를 못한다. 하지만 당대에 이름난 시인이며 시이론가로서도 명성이 높았던 분이다. 뿐더러 1930년대 한국 시단에서 아주 중요한 일을 해낸 문단의 일꾼이기도 했다.

조상으로부터 받은 유산으로 《시문학》이란 순수문학잡지를 창간하므로 후일 '시문학파'란 이름이 있도록 한 장본인이다. 뿐더러 동료 시인들의 시집을 발간해주어 한국시문학사에 금자탑 같은 공훈을 세우게도 하였다. 『영랑시집』과 『정지용시집』. 시를 공부하는 사람들에게는 시작품보다는 「시적 변용에 대하여」라는 창조적 시론으로 더욱 가까이 기억되고 강한 교훈을 남겨준 시인이다.

「떠나가는 배」라고 말하면 일반대중들은 대뜸 동명의 가곡을 떠올릴 것이다. 그러나 아니다. 어디까지나 '떠나가는 배'는 박용철의 시가 먼저다. 이렇게 일반대중들의 기억이나 관념은 무정하고 불확실하다.

이 시를 친구인 김영랑 시인이 그렇게 잘 낭송했다고 한다. 그러면 박용철 시인이 듣고 매우 좋아했다고 한다. 그것도 전라도 사람 특유의 억양으로 말이다. 참 아름다운 시절, 아름다운 우정이다.

무심한 듯 내려놓는 어투. 그 안에 상당한 분노가 들어 있고 힘찬 청년의 기개가 숨 쉰다. 식민지 백성, 피 끓는 청년으로서 어딘가로 탈출하고 싶어 하는 들끓는 욕구가 있다.

우렁찬 청년의 시. 오늘날 힘들어 하고 스스로를 '미생'이라고 개탄하는 젊은 세대들에게 들려주고 싶은 시다. 암흑의 시절, 민족의 독립조차 없던 그 시절에도 청년들은 이렇게 씩씩해야만 했다고.

"나 두 야 가련다", 이렇게 표기한 것은 오류가 아니다. 시인이 일부러 이렇게 '나 두 야', 한 글자씩 떼어서 쓴 것이다. 왜? 그렇게 읽어야 '나두야'란 말이 더 강조되고 힘이 있고 자신의 심경을 결연하게 표출할 수 있어서 그런 것이다.

66

우렁찬 청년의 시.
오늘날 힘들어 하고 스스로를 '미생'이라고 개탄하는
젊은 세대들에게 들려주고 싶은 시다.
암흑의 시절, 민족의 독립조차 없던 그 시절에도
청년들은 이렇게 씩씩해야만 했다고.

99

해후

그는 병난 시계같이 휘둥그레지며 멈칫 섰다.

시는 경제적인 요소가 있다. 쓰기는 될수록 짧고 단순하게
쓰되 그 내용이나 감동은 커야 한다는 것이 바로 그것이다.
촌철살인寸鐵殺人이란 말도 여기서 나온 말이다. 문자 그대로
의 뜻은 '한 치밖에 안 되는 칼로 사람을 죽인다'는 것인데
'간단한 경구警句나 단어로 사람을 감동시킴'이나 '사물의 급
소를 찌름의 비유'로 쓰이고 있다.

　바로 박용철 시인의 시가 촌철살인의 서슬 푸른 작품이다.
'해후邂逅'. 누군가와 오랫동안 헤어졌다가 뜻밖에 만난 것이
해후다. 낯선 장소에서의 예상치 못한 사람과의 만남. 그것
도 오래 전부터 알고 있던 좋은 사람. 당연히 놀라움과 당황
이 있었을 게다. 그걸 시인은 '병난 시계같이 휘둥그레지며
멈칫 섰다.'고 썼다.

　설명이 없어도 그 모습 그 장면이 떠오른다. 이 얼마나 좋
은 일인가. 한 줄로의 시 쓰기. 알고 있는 시가 몇 편 더 있
기에 아래에 적어보려고 한다. 박용철의 또 다른 시 「안 가
는 시계」는 「해후」와 발상이 비슷한 걸로 보아 두 작품을 한
꺼번에 쓰지 않았나 싶다. 백석의 경우는 한 줄 시가 아니라
두 줄 시이다.

＊ 네가 그런 엄숙한 얼굴을 할 줄은 몰랐다.
— 박용철, 「안 가는 시계」

＊ 너의 추억을 나는 이렇게 쓰고 있다.
— 유치환, 「낙엽」

＊ 아카시아들이 언제 흰 두레방석을 깔았나/ 어데서 물쿤
  개비린내가 온다
— 백석, 「비」

＊ 결국, 나의 천적은 나였던 거다.
— 조병화, 「천적」

＊ 달 없는 밤하늘은 온 별들의 잔날이었습니다.
— 조병화, 「편지」

＊ 아직도 너를 사랑해서 슬프다.
— 나태주, 「이 가을에」

＊ 너무 쉽게 버려서 미안하다.
— 나태주, 「종이컵」

"박 인 환"

세월이 가면

지금 그 사람의 이름은 잊었지만
그의 눈동자 입술은
내 가슴에 있어

바람이 불고
비가 올 때도
나는 저 유리창 밖
가로등 그늘의 밤을 잊지 못하지

사랑은 가고
과거는 남는 것
여름날의 호숫가
가을의 공원
그 벤치 위에
나뭇잎은 떨어지고
나뭇잎은 흙이 되고
나뭇잎에 덮여서
우리들 사랑이 사라진다 해도

지금 그 사람 이름은 잊었지만
그의 눈동자 입술은
내 가슴에 있어
내 서늘한 가슴에 있건만

멜랑콜리한 시다. 겨우 31세에 쓴 작품. 이 시를 쓰고 나서 얼마 지나지 않아 시인이 세상을 떠났다 한다. 요절. 김소월, 윤동주를 비롯하여 우리 시단에는 요절시인이 수월찮게 있다. 박인환(朴寅煥, 1926~1956) 시인도 그 가운데 한 사람이고 최근에는 기형도가 또한 그렇다. 아깝다. 그래서 시에 더 애착이 간다.

박인환의 시는 모더니즘의 세례를 받아 멋스럽고 도회적인 내용을 감각적인 언어로 표현한 시편들이 많다. 특히 한국전쟁 이후의 불안한 사회와 빈곤한 삶의 중압감이 어두운 색조로 그려져 있다. 하지만 시인의 생활만은 매우 경쾌했던 모양. 시인은 생전에 명동의 댄디보이로 통했다.

1956년이면 6·25 전쟁이 끝난 지 얼마 지나지 않은 세월이다. 전쟁의 폐허 속에서 살기 어렵고 세상인심도 뒤숭숭하던 시절. 문인들이 자주 모여서 술을 마시고 울분과 함께 우정을 나눈 곳은 서울의 명동. 은성이란 이름의 술집이 있었다 한다.

탤런트 최불암의 모친이 운영하던 술집이었는데 이 집이 그야말로 그 당시 문인들의 아지트. 이른 봄날의 어느 밤, 박인환이 평소 친하던 이진섭, 송지영, 가수 나애심 등과 어울려 술을 마신 자리였다고 한다.

나애심에게 노래를 청했으나 노래를 하지 않자, 박인환이 즉석에서 시를 쓰고 그 시에 이진섭이 곡을 붙였다 한다. 또 나애심이 그 악보를 보고 흥얼흥얼 노래를 불렀다 한다. 모두가 즉석에서 이루어진 일.

뒤이어 명동백작으로 통하던 소설가 이봉구와 테너 임만섭이 합석하게 되었는데 임만섭이 우렁찬 소리로 노래를 부르는 바람에 지나가던 행인들이 모여 함께 들었노라 한다. 말하자면 즉석 신곡 발표회를 가진 셈.

아름다운 시절, 아름다운 이야기다. 샹송 풍. 프랑스 시인 아폴리네르의 「미라보다리」 냄새가 조금 나지 않는가. '사랑은 가고/ 과거는 남는 것'. 이런 구절. 그렇다 한들 어떠리. 성경에도 '해 아래에는 새것이 없나니 무엇을 가리켜 이르기를 보라 이것이 새것이라 할 것이 있으랴. 우리가 오래 전 세대들에도 이미 있었느니라.' 그런 문장이 있다.

오늘날 가수들이 노래로 부르는 가사는 몇 군데 원문과 다르다. 옮겨보면 아래와 같다.

"지금 그 사람 이름은 잊었지만/ 그 눈동자 입술은/ 내 가슴에 있네.// 바람이 불고/ 비가 올 때도/ 나는 저 유리창 밖/ 가로등 그늘의 밤을 잊지 못하지.// 사랑은 가고 옛날은 남는 것./

여름날의 호숫가 가을의 공원,/ 그 벤치 위에/ 나뭇잎은 떨어지
고,/ 나뭇잎은 흙이 되고./ 나뭇잎에 덮여서/ 우리들 사랑이/
사라진다 해도// 지금 그 사람 이름은 잊었지만/ 그 눈동자 입
술은/ 내 가슴에 있네./ 내 서늘한 가슴에 있네."

목마와 숙녀

한 잔의 술을 마시고
우리는 버지니아 울프의 생애와
목마를 타고 떠난 숙녀의 옷자락을 이야기 한다
목마는 주인을 버리고 그저 방울 소리만 울리며
가을 속으로 떠났다 술병에서 별이 떨어진다
상심한 별은 내 가슴에 가벼웁게 부서진다
그러한 잠시 내가 알던 소녀는
정원의 초목 옆에서 자라고
문학이 죽고 인생이 죽고
사랑의 진리마저 애증의 그림자를 버릴 때
목마를 탄 사랑의 사람은 보이지 않는다
세월은 가고 오는 것
한 때는 고립을 피하여 시들어가고
이제 우리는 작별하여야 한다
술병이 바람에 쓰러지는 소리를 들으며
늙은 여류작가의 눈을 바라보아야 한다
…… 등대에 ……
불이 보이지 않아도
그저 간직한 페시미즘의 미래를 위하여
우리는 처량한 목마소리를 기억하여야 한다

모든 것이 떠나든 죽든

그저 가슴에 남은 희미한 의식을 붙잡고

우리는 버지니아 울프의 서러운 이야기를 들어야 한다

두 개의 바위틈을 지나 청춘을 찾은 뱀과 같이

눈을 뜨고 한 잔의 술을 마셔야 한다

인생은 외롭지도 않고

그저 잡지의 표지처럼 통속하거늘

한탄할 그 무엇이 무서워서 우리는 떠나는 것일까

목마는 하늘에 있고

방울소리는 귓전에 철렁거리는데

가을바람 소리는

내 쓰러진 술병 속에서 목메어 우는데

이 시를 처음 접해본 것은 놀랍게도 시집이나 활자매체가 아니라 박인희란 가수가 읽은 시낭송 테이프를 통해서였지 싶다. 나 또한 그런 사람 가운데 하나. 우습게도 시인 박인환과 가수 박인희가 인척관계가 아닌가 그런 생각을 하기도 했다. 이름자 가운데 두 자가 같은 글자였기에 그랬을 것이다.

　애상적인 배경음악에 실려 오는 고운 목소리의 시낭송은 감미롭고 간지럽기까지 하여 시가 가진 그 이상을 우리에게 느끼라고 강요하는 듯하기도 했다. 그 뒤로 시낭송이라고 하면 당연히 배경음악이 깔려야 하는 줄로 아는데 진정한 시낭송은 배경음악 없이 사람의 음성만으로 해야 한다는 것이 나의 생각이다.

　어쨌든 이 시는 매우 감미롭고 아름다운 시다. 애상적이고 낭만적이고 부드럽고 치렁치렁하고… 사람을 유혹할 수 있는 모든 요소를 두루 갖춘 작품이다. 조금은 모호하기까지 하다. 모호성. 시가 가진 특성 가운데 하나다. 사람마다 다른 감상이 있을 테고 접근이 제각각으로 나올 것이다. 같은 사람에게라도 읽을 때마다 다른 감상이 나올 것이다.

　많이는 서구적인 분위기. 댄디즘. 명성의 명동거리. 전쟁과 그 황폐 속에서도 인간적인 여유와 멋을 찾아보고자 하는 시인의 가련한 숨결이 느껴진다. 30대의 젊은이, 그의 꿈 많음도 느껴진다. 그러나 삶이란 것은 그때나 이때나 내 뜻대로만 되는 것이 아니라서 좌절과 실망, 비애가 있기 마련.

비애가 깊은 사람에게는 또 다른 누군가의 비애가 도움이 될 때가 있다. 실망이나 불행감을 가진 사람 또한 타인의 그 것이 약이 될 수도 있는 일이다. 오늘을 사는 젊은 세대들도 이런 시를 읽으면서 소망의 불씨를 찾았으면 싶다.

"백 석"

멧새 소리

처마 끝에 명태를 말린다
명태는 꽁꽁 얼었다
명태는 길다랗고 파리한 물고기인데
꼬리에 길다란 고드름이 달렸다
해는 저물고 날은 다가고 볕은 서러웁게 차갑다
나도 길다랗고 파리한 명태다
문턱에 꽁꽁 얼어서
가슴에 길다란 고드름이 달렸다

백석(白石, 1912~1996). 한자로 하얀 돌. '백기행'이란 버젓한 이름을 두고 왜 이름을 백석이라고 했을까? 하얀 돌과 같은 인생을 꿈꾸었을까? 아니면 그러한 시를 소망했을까? 어찌했든 백석. 나에겐 30대 후반까지 알지 못했던 시인이다.

겨우 알았다면 문학사를 읽을 때나 신석정 같은 시인의 시집 속에서 그 이름을 얼핏 보았을 것이다. 신석정 시인은 그의 시 「수선화」라는 시의 부제로 이렇게 쓰고 있었다. '눈 속에 『사슴』을 보내주신 백석 님께 드리는 수선화 한 폭'.

감감무소식인 시인. 북한 태생으로 남한에서도 살았지만 광복 이전 북한과 만주에서 주로 살았고 광복 이후에도 북한에서만 살다 간 시인이다. 체제적이거나 이념적인 시를 별로 쓰지 않은 시인. 다만 이유가 있었다면 남북 간 이념대립과 경직이 있었을 뿐이다.

판금 시인 가운데 한 사람. 백석의 작품은 평이한 단어와 간결한 문장구조로 되어 있어서 쉽게 읽히지만 문장 뒤에 숨어 있는 시인의 마음을 읽어내기가 쉽지 않다. 이러한 점이 오늘까지 많은 독자를 거느리게 하는 한 비밀이 되었을 지도 모르는 일이다.

처마 끝에 말리는 명태조차 꽁꽁 얼어붙는 겨울날, 어촌 풍경이라도 되는가. 명태에 대한 소묘가 나온다. 그런 다음에는 자신을 명태에 비유한다. 문득에 꽁꽁 얼어서 가슴에 고드름을 단 명태라고 소개한다. 물아일체. 동화. 가난하고 추운 자신의 처지를 명태에 비겼음이리라.

그런데 왜 시의 제목은 또 "멧새 소리"인가. 그때 멧새 소리가 들렸단 말인가. 아니면 멧새 소리 가운데 또 자신의 왜소함을 읽었다는 말인가. 그것도 아니라면 멧새소리 속에서 자유와 비상을 꿈꾸었다는 것인가. 꽁꽁 언 명태와 멧새소리. 그 간극에 시인의 마음이 있고 우리들 마음의 활로가 있지 않을까 싶다.

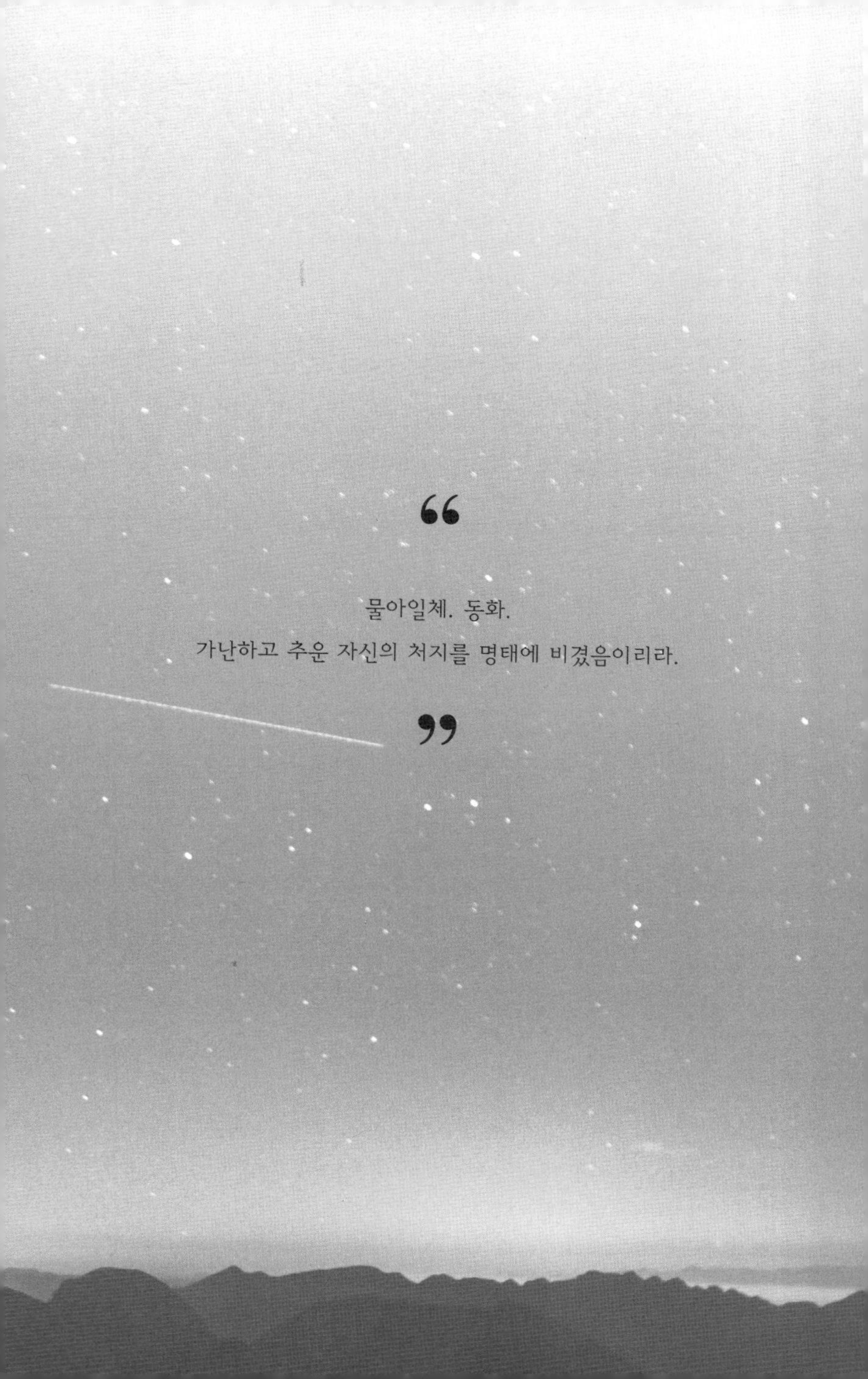

“

물아일체. 동화.

가난하고 추운 자신의 처지를 명태에 비겼음이리라.

”

주막

호박잎에 싸오는 붕어곰은 언제나 맛있었다

부엌에는 빨갛게 질들은 팔모알상이 그 상 우엔 새파란 싸리를 그린 눈알만한 盞이 뵈었다

아들아이는 범이라고 장고기를 잘 잡는 앞니가 뻐드러진 나와 동갑이었다

울파주 밖에는 장꾼들을 따라와서 엄지의 젖을 빠는 망아지도 있었다

유년의 소감과 추억을 썼다. 누구에게나 유년과 유년의 추억은 아련하기 마련. "있었다"는 과거형 어미로 되어 있다. 좌면우고하지 않는 시인 특유의 담백함이 또 들었다. 그냥 말한다. 그렇지만 그 '그냥'이란 것이 쉽지 않다. 반듯하고 산뜻하다.

이 시인의 시를 읽으려면 낯선 단어들이 턱턱 앞을 막는다. 여기서부터는 말을 내리시오, 하마비를 들이댄다. 그럴 때는 차라리 시어사전을 펼치는 편이 현명한 일이다.

붕어곰―붕어를 넣어 끓인 곰국. 팔모알상―테두리가 팔각으로 된 개다리소반. 장고기―송사리나 피라미 같은 몸피가 작은 고기. 울파주―울타리. 엄지―짐승의 어미. 망아지―말의 새끼.

마치 외래어의 뜻을 찾아 읽듯 차근히 읽어야 한다. 시는 오로지 동시대를 살았던 사람들의 언어로만 연대하는 문화유산. 가운데서도 입말이 가장 좋은 재료다. 평안북도 정주, 김소월의 고향에서 나고 자라 오산학교를 거쳐 성장한 시인이다.

당연히 북쪽의 사투리가 들어갔다. 담박한 정조에 투박한 어조. 한 폭의 풍속도를 대하는 듯 고즈넉하고 한가롭다. 우리들 마음을 타임머신에 태워 얼마만큼이라도 과거세계로 이끌고 간다.

흰 밤

옛 성의 돌담에 달이 올랐다

묵은 초가지붕에 박이

또 하나 달같이 하이얗게 빛난다

언젠가 마을에서 수절과부 하나가 목을 매여 죽은 밤도 이러한

밤이었다

가지런하다 못해 서느룹다. 그냥 그대로 그림, 풍경화다. 풍경이라도 바탕이 들여다보이는 수묵 담채. 아니면 투명수채. 그런데 왜 우리의 마음은 이 시 앞에서 이렇듯 서러워만 지는 것일까. 그야말로 몇 마디 말이 주는 최면이다. 그런 점에서 인간은 얼마나 언어 지시적인 존재이고 영혼적인 존재인가.

　옛 성 → 담 → 달 → 묵은 초가지붕 → 박. 여기까지는 그래도 객관의 세계다. 감정의 진폭이 그다지 크지 않다. 이러한 전경을 깔고 뒤에 오는 한 개 긴 문장이 인간의 마음을 흔들어놓고 흥분을 고조시킨다. 아, 그랬구나, 장탄식이 나온다. 온몸에 소름이 돋으려고 그런다.

　이러한 시인의 능청이라니! 겨우 세 개의 문장인데 과거형 → 현재형 → 다시 과거형(좀 더 깊은 과거)으로 구성한 점도 놀랍다. 마음이 시키고 시인의 영혼이 협동하여 만들어낸 문장이다.

청시

별 많은 밤
하누바람이 불어서
푸른 감이 떨어진다 개가 즞는다

소품. 이번에도 밤의 시. 그러나 이번의 밤은 별이 많이 뜬 밤. 하누바람—하늬바람, '하늬'는 뱃사람들이 말하는 서쪽. 그러니까 서풍이다. 청시, 푸른 감, 아직 익지 않은 푸른 감이 서풍에 떨어진다는 말인데 계절로 보아서는 7월 말쯤이나 8월 초순쯤일까. 그런 풍경 속에 또 짖는 개 한 마리를 등장시켜 적막한 시골 풍경을 더욱 적막하게 완성시켜 놓았다.

산비

산뽕닢에 빗방울이 친다
멧비둘기가 낢다
나무등걸에서 자벌기가 고개를 들었다 멧비둘기 컨을 본다

역시 소품. 소품이라 해서 느낌이 작다는 건 아니다. 될수록 작은 공간에 될수록 많은 내용을 담으려 했다. 그러기 위해서는 핵심적인 것만 담아야 했을 것이다. 이 시도 몇 개의 명사가 감정의 이동을 주도한다. 백석 시인의 전형적인 기법이다. 산뽕닢 → 빗방울 → 멧비둘기 → 나무등걸 → 자벌기 → 멧비둘기.

그래서 그들은 모두가 인격을 얻는다. 시인은 시의 밖에 있고 이와 같은 시어들이 시인 대신이다. 시인의 마음을 대변하는 대리인으로서의 시어들. 역시 무색무취 투명하기까지 한 한 폭의 산수도. 서경시의 본이다. 멧비둘기-산비둘기. 닌다-일어난다. 난다. 자벌기-자벌레. 켠-쪽.

문학작품에서, 특히 시의 문장에서 바람직하고 소망스러운 것은 지방어의 활용과 그 발현이다. 지방어야말로 그 지방 사람들의 숨김없는 삶에서 나온 언어다. 영혼이 깃든 언어다. 이런 걸 잊고 우리는 한동안 표준어 교육이라는 미명 아래 지방어를 무시하고 구박하는 정책까지 펼친 바 있다.

지방어야말로 시어로서 가장 좋은 언어요 보석과 같은 정신의 자산이다. 우리 시문학사에서 백석 시인처럼 지방어를 능동적으로 차용하여 시를 쓴 시인은 두고두고 없다. 그는 지방어 활용의 달인이다. 그의 시작품을 통해 그 당시 북녘 사람들의 삶과 정서적 진실은 고스란히 오늘의 것으로 남는다. 아직도 감동의 장이다.

가령 「흰 바람벽이 있어」와 같은 시에 나오는 다음과 같은 구절은 얼마나 가슴 시리도록 마음에 와 닿는 언어조합인가! "이렇게 시퍼러둥둥하니 추운 날인데 차디찬 물에 손을 담그고 무이며 배추를 씻고 있다". 표기법이 틀렸다 탓하지 마라. 소리 나는 그대로 쓴 이러한 표기 속에 죽지 않는 우리들 인간의 삶이 있고 혼령이 들어 있다.

66

표기법이 틀렸다 탓하지 마라.

소리 나는 그대로 쓴 이러한 표기 속에 죽지 않는

우리들 인간의 삶이 있고

혼령이 들어 있다.

99

여승

여승은 합장하고 절을 했다
가지취의 내음새가 났다
쓸쓸한 낯이 옛날같이 늙었다
나는 불경처럼 서러워졌다

평안도의 어늬 산 깊은 금덤판
나는 파리한 여인에게서 옥수수를 샀다
여인은 나어린 딸아이를 따리며 가을밤같이 차게 울었다.

섶벌같이 나아간 지아비 기다려 십 년이 갔다
지아비는 돌아오지 않고
어린 딸은 도라지꽃이 좋아 돌무덤으로 갔다

산꿩도 설게 울은 슬픈 날이 있었다
산 절의 마당귀에 여인의 머리오리가 눈물방울과 같이 떨어진 날
이 있었다

이 시 역시 쉽지만 쉽게 확증이 안 가는 작품이다. 다만 읽는 이 나름의 해석과 짐작이 가능할 뿐이다. 시란 본래 그런 것인지도 모른다. 총 4연이다. 그런데 1연과 4연에 여승의 이미지가 나오고 2연과 3연엔 여염집 아낙네의 이미지가 나온다. 그런데 그 여인네가 매우 기박(팔자, 운수 따위가 사납고 복이 없다.)한 여인네이다.

그렇다면 이런 짐작이 나온다. 시인이 한 사찰에서 여승을 만나 합장하고 절했는데 그 여인을 자세히 보니 평안도 금덤판에서 옥수수를 팔던 아낙네였다. 그런데 그녀는 남편이 집을 나간 뒤 십년을 기다리며 홀로 살았는데 나이어린 딸아이마저 세상을 떠나 속세를 떠나 스님이 된 여인이다. 그래서 시인은 스님이 된 그 여인을 다시 만나게 되었다. 이런 짐작이 된다.

마치 한 편의 단편영화를 감상하는 듯하다. 시를 분석하고 해석하는 사람들은 이 작품을 통해 일제 식민치하의 피폐한 민중의 삶을 읽고 싶으리라. 고발의 의미가 강한 리얼리즘 문학이라고 말할 것이다. 그렇게 보아도 좋겠다. 하지만 시인은 그런 목적의식 없이 다만 이웃에 대한 정직하면서도 자애로운 눈길로 이 작품을 썼으리라.

시인이 가져야 할 가장 소중한 마음 가운데 하나가 측은지심.

공자님의 인에 이르고 석가님의 자비심에 이르고 예수님의 궁휼에 이르는 마음. 이 마음 앞에 만물과 만사는 포용되고 원융한 세계를 이룬다. 겉으로 작품세계는 얼음장같이 차겁지만 그 밑을 흐르는 인간의 마음은 지극히 온유하고 따습기까지 한 까닭이 그것이다.

* 가지취 : 참취나물.　　* 금덤판 : 금점판, 금광의 일터.
* 따리며 : 때리며.　　　* 섶벌 : 재래종 벌.
* 머리오리 : 머리올, 머리카락.

> 마치 한 편의 단편영화를 감상하는 듯하다.

수라

거미새끼 하나 방바닥에 나린 것을 나는 아모 생각 없이 문 밖으로 쓸어버린다
차디찬 밤이다

어니젠가 새끼거미 쓸려나간 곳에 큰거미가 왔다
나는 가슴이 짜릿하다
나는 또 큰거미를 쓸어 문 밖으로 버리며
찬 밖이라도 새끼 있는 데로 가라고 하며 서러워한다

이렇게 해서 아린 가슴이 싹기도 전이다
어데서 좁쌀알만한 알에서 가제 깨인 듯한 발이 채 서지도 못한 무척 작은 새끼거미가 이번엔 큰 거미 없어진 곳으로 와서 아물거린다
나는 가슴이 메이는 듯하다
내 손에 오르기라도 하라고 나는 손을 내어미나 분명히 울고불고할 이 작은 것은 나를 무서우이 달아나 버리며 나를 서럽게 한다
나는 이 작은 것을 고히 보드러운 종이에 받어 또 문 밖으로 버리며
이것의 엄마와 누나나 형이 가까이 이것의 걱정을 하며 있다가 쉬이 만나기나 했으면 좋으련만 하고 슬퍼한다

이번에는 아예 동화다. 주인공은 거미. 거미는 사람들로부터 환영 받지 못하는 동물이다. 하지만 시인은 이런 거미에게서조차 인격적인 슬픔을 갖는다. 먼저 시어사전의 도움을 받으며 시를 다시 읽어본다. 아모−아무. 어니젠가−어느 사인엔가. 싹기도−삭기도, 흥분이 가라앉기도. 가제−금방, 곧, 갓. 그리고 제목의 수라는 '싸움을 일삼는 귀신, 지옥'의 뜻이다.

어둡고 추운 밤. 방청소를 하다가 거미새끼가 한 마리가 나와 문밖으로 쓸어버렸는데 곧이어 어미거미가 한 마리 나와서 다시 방밖으로 버렸는데 이어서 좁쌀알만한 무척 작은 새끼거미가 나와 이번에는 보드라운 종이에 싸서 버렸다는 것이다. 이것이 시 안에 담긴 스토리다.

매우 사소하고 일상적인 사건. 그런데 그 어간에서 시인은 무한대의 슬픔을 발현한다. 처음부터 끝까지 그렇다. 왜 그런가? 무심히 새끼거미 한 마리를 문밖으로 쓸어 내버렸는데 없어진 새끼를 찾아 어미거미가 나타났고 다시 어미거미를 찾아서 더 작은 새끼거미가 왔기 때문이다. 그래서 시인의 슬픔은 점점 고양된다.

거미네 가족한테서 인간의 가족을 본 것이다. 이것을 또 1930년대 일제 식민지 아래 신음하는 우리네 백성의 초상으로 보아도 좋다. 하지만 그것은 너무나 고식적인 시 감상이다. 그냥 시인을 따라 거미네 가족의 슬픈 이산을 보고 거기서 시인을 따라 슬픔을 느끼기만 해도 좋지 않을까. 그것이 오늘의 시감상이다.

슬픔은 결코 환영할만한 감정은 아니다. 하지만 슬픔은 고귀한 감정이다. 더구나 나 아닌 타인을 위한 슬픔은 더욱 그러하다. 슬픈 마음 없이 시인이 되고 싶은 사람이 있는가? 그렇다면 시인되기를 포기하는 것이 좋겠다. 슬픈 마음 없이 시를 읽고 싶은가? 그 또한 그만 두는 것이 좋겠다.

> 66
>
> 슬픔은 결코 환영할만한 감정은 아니다.
> 하지만 슬픔은 고귀한 감정이다.
>
> 99

나와 나타샤와 흰 당나귀

가난한 내가
아름다운 나타샤를 사랑해서
오늘밤은 푹푹 눈이 나린다

나타샤를 사랑은 하고
눈은 푹푹 날리고
나는 혼자 쓸쓸히 앉아 소주를 마신다
소주를 마시며 생각한다
나타샤와 나는
눈이 푹푹 쌓이는 밤 흰 당나귀 타고
산골로 가자 출출이 우는 깊은 산골로 가 마가리에 살자

눈은 푹푹 나리고
나는 나타샤를 생각하고
나타샤가 아니 올 리 없다
언제 벌써 내 속에 고조곤히 와 이야기한다
산골로 가는 것은 세상한테 지는 것이 아니다
세상 같은 건 더러워 버리는 것이다

눈은 푹푹 나리고

아름다운 나타샤는 나를 사랑하고

어데서 흰 당나귀도 오늘밤이 좋아 응앙응앙 울을 것이다 한국의 시 독자들이 가장 사랑하는 시 가운데 한 편. 낭만과 꿈, 이국취향까지 고루 갖춘 시다. 시의 제목부터가 획기적으로 '나와 나타샤와 흰 당나귀'다. 나타샤란 말은 러시아 말로서 그 발음 자체가 슬라비식 발음이란다. 우리가 알기로는 톨스토이의 대작 『전쟁과 평화』에 나오는 여주인공의 이름이 나타샤다.

　현실적으로 시의 실제 주인공이 누구일까, 왈가왈부한 일이 있다. 자료에 의하면 1938년 당시 《삼천리》 잡지사 기자였으며 시인 김동환의 아내였던 소설가 최정희 씨라는 설이 있다. 한 때 시인이 뜨겁게 사랑했던 여성 김영한 씨의 회고에 의하면 자기가 그 시를 받았으니 자기가 나타샤라는 주장도 있다.

　어쨌든 좋다. 나타샤란 얼굴 하얀 이국 여성과 함께 이 시 속으로 들어가 보면 된다. 에스케이프escape. 도망이고 탈출의지다. 그제나 이제나 현실이 우중충하고 마음에 안 맞으면 어딘가로 떠나고 싶고 탈출하고 싶고 그리하여 꽁꽁 숨고 싶은 욕망이 있으리라. 더구나 얼굴 하얀 여자를 내가 사랑한다지 않느냐 말이다.

　다시금 밤. 겨울밤. 눈이 내리는 밤. 백석의 시에 참 많이도 나오는 밤. 시인은 혼자서 쓸쓸히 술을 마신다. 독작. 요즘 말로는 혼술. 그러면서 생·각·한·다. 공상이라 해도 좋고 망상이라 해도 좋다. 말리지 마라. 혼자서 술을 마시는 사람이 이런 생각이라도 하지 못한다면 어떻게 그 쓸쓸함에서 헤어 나올 수 있더란 말이냐.

쓸쓸함 속의 상상이 자꾸만 가지를 치고 깊어진다. 흰 당나귀를 타고 산골로 간다. 그 산골은 출출이(뱁새)가 우는 산골이다. 사는 집은 마가리(오막살이)다. 눈은 계속해서 내린다. 그러나 여전히 나타샤는 곁에 없다. 내가 생각을 계속하는데 나타샤가 아니 올 까닭이 없다. 그래 곧 올 것이다. 어느새 나타샤가 와서 고조곤히(고요히) 내 곁에 앉아 있다!

이쯤에서 시인의 본심이 나온다. 이것은 또 나타샤의 마음이기도 하다. "산골로 가는 것은 세상한테 지는 것이 아니다/세상 같은 건 더러워 버리는 것이다". 통쾌한 푸념이고 복수다. 이러한 통쾌함이 다시금 눈을 더욱 내리게 한다. 아름다운 나타샤는 여전히 나를 사랑하고 어디선가 흰 당나귀가 운다. 응앙응앙. 시인도 흰 당나귀를 타고 왔는데 부근에 다른 당나귀도 있었나보다. 아니면 시인이 타고 온 당나귀인가?

하지만 이것은 허무한 꿈. 응앙응앙. 어린이가 발을 뻗고 우는 울음소리로 당나귀가 운다고 할 때 시인의 꿈은 깨어나고 시인을 따라 갔던 독자들의 꿈도 퍼뜩 깨어난다. 아, 허무하다. 사람의 일생이 허무하고 누군가와의 사랑은 더욱 허무할 뿐이다.

흰 바람벽이 있어

오늘 저녁 이 좁다란 방의 흰 바람벽에
어쩐지 쓸쓸한 것만이 오고간다
이 흰 바람벽에
희미한 십오촉 전등이 지치운 불빛을 내어던지고
때글은 다 낡은 무명샤쯔가 어두운 그림자를 쉬이고
그리고 또 달디단 따끈한 감주나 한 잔 먹고싶다고 생각하는 내
가지가지 외로운 생각이 헤매인다
그런데 이것은 또 어인 일인가
이 흰 바람벽에
내 가난한 늙은 어머니가 있다
내 가난한 늙은 어머니가
이렇게 시퍼러둥둥하니 추운 날인데 차디찬 물에 손을 담그고 무
이며 배추를 씻고 있다
또 내 사랑하는 사람이 있다
내 사랑하는 어여쁜 사람이
어늬 먼 앞대 조용한 개포가의 나즈막한 집에서
그의 지아비와 마조 앉어 대구국을 끓여 놓고 저녁을 먹는다
벌써 어린 것도 생겨서 옆에 끼고 저녁을 먹는다
그런데 또 이즈막하야 어늬 사이엔가
이 흰 바람벽엔

내 쓸쓸한 얼굴을 쳐다보며

이러한 글자들이 지나간다

— 나는 이 세상에서 가난하고 외롭고 높고 쓸쓸하니 살어가도
록 태어났다

그리고 이 세상을 살어가는데

내 가슴은 너무도 많은 뜨거운 것으로 호젓한 것으로 사랑으로
슬픔으로 가득 찬다

그리고 이번에는 나를 위로하는 듯이 나를 울력하는 듯이

눈질을 하며 주먹질을 하며 이런 글자들이 지나간다

— 하늘이 이 세상을 내일 적에 그가 가장 귀해하고 사랑하는 것
들은 모두

가난하고 외롭고 높고 쓸쓸하니 그리고 언제나 넘치는 사랑과 슬
픔속에 살도록 만드신 것이다

초생달과 바구지꽃과 짝새와 당나귀가 그러하듯이

그리고 또 프랑시쓰 쨈과 도연명과 라이너 마리아 릴케가 그러
하듯이

시인의 작품 가운데 후기에 해당하는 작품이다. 시의 배경이 북한이거나 잠시 거처를 정했던 만주이거나 그럴 것이다. 또 다시 시인은 혼자이고 시간은 밤이다. 이렇게 시인은 혼자가 되었을 때 밤 시간에만 시의 넋에 홀리나 보다.

좁은 밤. 흰 바람벽에 갇힌 공간. 시인에게 가능한 것은 상상의 세상이다. 요즘 같으면 티브이를 보고 있거나 컴퓨터 화면을 들여다 보았을 텐데 아무 것도 볼 것이 없었던 시인은 흰 바람벽을 본다. 아, 막막한 백색이여. 백색의 감옥과 공포여.

그 흰 바람벽의 스크린에 오만가지 영상이 어른거린다. 현실의 영상이기도 하지만 마음의 영상, 심상이기도 하다. 불빛은 흐려서 15촉짜리, 15와트 전력 소모의 전등이다. 오늘날 100촉짜리를 켜놓고도 어둡다 그러는데 책의 글씨조차 읽기 힘겨운 조도다.

1차로 시인 자신에 관한 영상이다. 때 절고 낡은 무명 와이셔츠를 걸친 자신의 몰골. 외로운 나머지 시인은 달고 따끈한 감주, 그러니까 식혜나 한 잔 먹었으면 하는 가벼운 소망을 갖는다. 그러나 그런 식혜가 가까이 있을 까닭이 없다.

2차로 보이는 영상은 어머니에 관한 것이다. 가난하고 늙으신 어머니이다. 그 어머니는 이렇게 추운 날씨에 차디찬 물에 손을 담그고 무며 배추 같은 채소를 씻고 계신다. 이 또한 얼마나 견디기 힘든 궁상인가.

　3차로 어리는 영상은 내가 사랑하는 사람의 영상이다. 그 내가 사랑하는 사람은 지금 "어늬 먼 앞대 조용한 개포가의 나즈막한 집에서/ 그의 지아비와 마조 앉어 대구국을 끓여 놓고 저녁을 먹는다." 뿐더러 그녀는 "벌써 어린 것도 생겨서 옆에 끼고 저녁을 먹는다."

　이것은 더욱 심한 궁상이다. 사랑하는 사람이라고 하는 것으로 보아 아직도 시인은 그녀를 사랑하고 있는 모양이다. 결혼한 사람, 어디 사는 지도 모르는 사람, 남편과 살며 아이까지 달린 여자를 여전히 사랑하는 사람은 박애주의자이다.

　하긴 이것이 진정으로 사랑하는 사람의 심정인지 모른다. 어찌 좋은 사랑이 축복과 기도 없이 가능할까보냐. 이러한 선량과 따스하고 성스럽기까지 한 시인의 내면이 이승에는 없을 것 같은 세상을 만난다. 쓸쓸한 시인의 얼굴을 스치며 지나는 글자들이고 시인을 위로하고 울력하기 위해(응원하기 위해) 지나가는 글자들이다.

　"— 나는 이 세상에서 가난하고 외롭고 높고 쓸쓸하니 살어가도록 태어났다 그리고 이 세상을 살어가는데 내 가슴은 너무도 많은 뜨거운 것으로 호젓한 것으로 사랑으로 슬픔으로 가득 찬다

— 하늘이 이 세상을 내일 적에 그가 가장 귀해하고 사랑하는 것들은 모두 가난하고 외롭고 높고 쓸쓸하니 그리고 언제나 넘치는 사랑과 슬픔속에 살도록 만드신 것이다 초생달과 바구지꽃과 짝새와 당나귀가 그러하듯이 그리고 또 프랑시쓰 쨈과 도연명과 라이너 마리아 릴케가 그러하듯이."

해금이 되었을 때 일반 독자들 가운데는 백석의 시가 윤동주의 시 다음에 나온 줄 오해한 적이 있었다. 판금조치가 없었으므로 자유롭게 읽은 윤동주의 시에 비해 뒤늦게 백석의 시를 만난 연유에서다. 바로 윤동주의 「별 헤는 밤」의 이 대목, 시 구절 말이다.

"가난한 이웃 사람들의 이름과 비둘기, 강아지, 토끼, 노새, 노루, 프랑시스 잠, 라이너 마리아 릴케 이런 시인의 이름을 불러 봅니다."

하지만 아니다. 윤동주의 시 앞에 백석의 시가 있었던 것이다. 소년 윤동주는 만주 용정에서 공부를 하고 잠시(1년 동안) 평양 숭실중학교를 다닌 적이 있는데 그때 100부 한정판으로 출간된 백석의 시집 『사슴』을 구할 수 없어 학교 도서실에서 빌려 필사해서 평생 지니고 다녔다고 한다. 그러므로 그의 시에 백석의 영향이 진하게 배어들어갔음을 우리는 짐작할 수 있겠다. 그렇다고 윤동주의 시에 문제가 있다거나 가치가 떨어진다는 말은 절대로 아니다. 오해 없기를 바란다.

66

하지만 아니다.
윤동주의 시 앞에 백석의 시가 있었던 것이다.

99

남신의주 유동 박시봉방

어느 사이에 나는 아내도 없고, 또,

아내와 같이 살던 집도 없어지고,

그리고 살뜰한 부모며 동생들과도 멀리 떨어져서,

그 어느 바람 세인 쓸쓸한 거리 끝에 헤매이었다.

바로 날도 저물어서,

바람은 더욱 세게 불고, 추위는 점점 더해오는데,

나는 어느 목수네 집 헌 샅을 깐,

한 방에 들어서 쥔을 붙이었다.

이리하여 나는 이 습내 나는 춥고, 누긋한 방에서,

낮이나 밤이나 나는 나 혼자도 너무 많은 것같이 생각하며,

딜옹배기에 북덕불이라도 담겨오면,

이것을 안고 손을 쬐며 재 우에 뜻없이 글자를 쓰기도 하며,

또 문밖에 나가디두 않구 자리에 누어서,

머리에 손깍지베개를 하고 굴기도 하면서,

나는 내 슬픔이며 어리석음이며를 소처럼 연하여 쌔김질하는 것
이었다.

내 가슴이 꽉 메어올 적이며,

내 눈에 뜨거운 것이 피잉 괴일 적이며,

또 내 스스로 화끈 낯이 붉도록 부끄러울 적이며,

나는 내 슬픔과 어리석음에 눌리어 죽을 수밖에 없는 것을 느끼는

것이었다.

　그러나 잠시 뒤에 나는 고개를 들어,

　허연 문창을 바라보든가 또 눈을 떠서 높은 턴정을 쳐다보는 것인데,

　이때 나는 내 뜻이며 힘으로, 나를 이끌어가는 것이 힘든 일인 것을 생각하고,

　이것들보다 더 크고, 높은 것이 있어서, 나를 마음대로 굴려가는 것을 생각하는 것인데,

　이렇게 하여 여러 날이 지나는 동안에,

　내 어지러운 마음에는 슬픔이며, 한탄이며, 가라앉을 것은 차츰 앙금이 되어 가라앉고,

　외로운 생각만이 드는 때쯤 해서는,

　더러 나줏손에 쌀랑쌀랑 싸락눈이 와서 문창을 치기도 하는 때도 있는데,

　나는 이런 저녁에는 화로를 더욱 다가 끼며, 무릎을 꿇어 보며,

　어느 먼 산 뒷옆에 바우섶에 따로 외로이 서서,

　어두워오는데 하이야니 눈을 맞을, 그 마른 잎새에는,

　쌀랑쌀랑 소리도 나며 눈을 맞을,

　그 드믈다는 굳고 정한 갈매나무라는 나무를 생각하는 것이었다.

시가 발표된 것은 1948년 10월, 《학풍》이란 잡지. 조국광복을 이룬 뒤의 작품인데도 시의 분위기가 하나도 밝지 않고 기쁘지 않다. 암울하고 여전히 가난하고 쓸쓸하다. 이런 까닭으로 영리한 독자들은 이 시에서 민족의 미래에 대한 비극을 읽고 사회주의적인 요소를 읽어내기도 한다.

　그러나 나는 그저 시인 개인의 진솔한 시대 증언으로 읽고 싶다. 시를 쓸 때 시인은 특별하거나 중차대한 목적의식을 두고 시를 쓰는 것이 아니다. 그 대신 시인의 미세하고 웅숭깊은 감성과 영력이 민족의식이든 현실의식이든 그런 것들을 내면화하여 언어로 표출하도록 독려하는 것이다. 그 이상을 읽어내는 것은 호사가들의 일이거나 교육가, 평론가들의 몫.

　문학수업을 하던 시절 백석이란 이름을 만나지 못했다. 그러나 그의 시 한 편을 읽은 일이 있다. 그것은 바로 이 작품. 시인의 이름이 가려진 채로 1962년 신구문화사에서 나온 유종호의 첫 평론집 『비순수의 선언』에 실려 있었다. 고등학교 3학년 시절, 18세 때. 당시의 언어실력으로는 요령부득이었다.

　제목부터가 이해가 가지 않았다. "남신의주 유동 박시봉방" 편지 겉봉에 쓰여진 주소다. '남신의주 유동'은 고장 이름이고 '박시봉방'은 박시봉이란 사람의 집을 주인 삼아 그의 한 방을 사용하고 있다는 뜻이다. 예전엔 이런 식으로 주소를 쓰곤 했다. 이를 한자로 쓰면 이러하다. '南新義州柳洞朴時逢方'.

시인은 평생을 고달프게 살았던 사람. 또다시 고난에 찬 인생 앞에 가로막혔다. 이제는 아내도 집도 없어지고 부모도 동생들도 멀리 떨어진 채 홀몸신세가 되었다. 그런 연고로 시인은 바람 센 낯선 거리를 헤매다가 날이 저물어 어느 목수네집 헛간방에 주인을 정하고 지내고 있다. 밤낮으로 혼자서 지내는데 주인이 질그릇 옹배기에 짚북데기를 태운 재로 화로를 담아다 주면 그 위에 손을 쪼이며 심심한 나머지 재 위에 글자를 쓰면서 이것저것 생각한다는 것이다.

적막하기 이를 데 없는 풍경. 문밖에 나가지도 않는다. 머리에 손까지를 만들어 베개 모양으로 베고 방바닥을 뒹군다. 그러면서 자신의 슬픔과 어리석음을 소처럼 되새김질한다. 지극히 개인적인 상황이고 소재다. 하지만 시인은 이러한 지극히 개인적인 소재를 가지고 사회적이면서도 광의적인 작품을 만들어냈다. 시가 지녀야 할 개성과 더불어 보편성을 얻어 냈음으로 가능한 일이다.

그리하여 개인의 슬픔과 비극은 그것에 머물지 않고 보다 넓은 감정의 강물이 되어 민중의 것으로 번져나가는 것이다.

그 다음은 이 시의 절정부분으로 울분과 부끄러움의 골짜기를 힘겹게 건너는 대목이다. "내 가슴이 꽉 메어올 적이며,/ 내 눈에 뜨거운 것이 피잉 괴일 적이며,/ 또 내 스스로 화끈 낮이 붉도록 부끄러울 적이며,/ 나는 내 슬픔과 어리석음에 눌리어 죽을 수밖에 없는 것을 느끼는 것이었다."

마지막 부분은 드디어 감정의 승리를 얻어내는 대목. 부질없는 설명보다는 정직한 인용이 더욱 좋을 것 같아 길지만 시를 다시 읽어본다. "내 어지러운 마음에는 슬픔이며, 한탄이며, 가라앉을 것은 차츰 앙금이 되어 가라앉고,/ 외로운 생각만이 드는 때쯤 해서는,/ 더러 나줏손에 쌀랑쌀랑 싸락눈이 와서 문창을 치기도 하는 때도 있는데,/ 나는 이런 저녁에는 화로를 더욱 다가 끼며, 무릎을 꿇어 보며,/ 어느 먼 산 뒷옆에 바우섶에 따로 외로이 서서,/ 어두워오는데 하이야니 눈을 맞을, 그 마른 잎새에는,/ 쌀랑쌀랑 소리도 나며 눈을 맞을,/ 그 드믈다는 굳고 정한 갈매나무라는 나무를 생각하는 것이었다."

하나의 문장인데 길기도 하고 중간에 숨표가 많기도 하다. 그만큼 컥컥 가슴이 막히는 감정의 질곡을 거쳤음이다. '갈매나무'는 시인 자신을 대신하는 객관적 상관물이고 감정이입의 결과다. 시인의 대표작이기도 한 이 작품. 우리 시문학의

금자탑이요 그 아스라한 높이기도 하다. 백석의 시는 시어사
전의 도움 없이는 제대로 읽어내기가 어렵다.

　* 샷 : 갈대를 엮어서 만든 자리.　　　* 쥔 : 주인.

　* 딜옹배기 : 질그릇 옹배기.　　　* 북덕불 : 짚북데기를 태운 불.

　* 손깍지베개 : 깍지를 만들어 머리 뒤에 베개처럼 댄 두 손.

　* 턴정 : 천정.　　　　　　　　* 나줏손 : 저녁 무렵.

　* 바우섶 : 바위 주변.

　* 갈매나무 : 쌍떡잎식물 갈매나무목 갈매나무과의 낙엽활엽 관목.
　　한국 · 중국 동북부 · 아무르 · 우수리 등지의 골짜기와 냇가에 서식
　　하는 나무.

"오일도"

내 소녀

빈 가지에 바구니 걸어놓고
내 소녀 어디 갔느뇨.

……………

薄紗의 아지랑이
오늘도 가지 앞에 아른거린다.

오일도(吳一島,1901~1946). 시인의 이름을 아는 사람이 많지 않다. 그러니 시는 더욱 기억하는 사람이 많지 않을 것이다. 그렇지만 조지훈 시인이 태어난 경북 영양이 고향이고 21세에 요절한 조지훈의 형인 조동진의 유고시집『세림시집』을 발간해준 사람이라면 아 그런가, 할 것이다. 이렇게 세상인심이 한쪽으로 쏠리고 때로는 무정하기까지 하다.

본명은 오희병吳熙秉. 고향의 사숙에서 한학을 공부하고 일본으로 건너가 공부를 했고(릿교대학立敎大學 철학부), 돌아와 잠시 교원으로도 살았으며 잡지 발행인으로도(1935년 한국 최초로 시 전문잡지인《시원詩苑》을 창간, 5호까지 발행) 살았다. 하지만 시인은 광복 이듬해인 1946년에 45세의 나이로 세상을 떠난다. 정작 자신의 시집은 한 권도 내지 못한 채였다.

이러한 객관적인 사실들은 누구나 있을 수 있는 일이다. 어디까지나 시인에게는 시가 중요하다. 이렇게 생각하면서 들여다 볼 때 눈에 들어오는 작품은 위의 시「내 소녀」이다. 소품 중에 소품이다. 어린 소년이 지은 시 같다. 아니 어린 소년의 마음을 담은 시로 보인다. 먼 것, 내게 없는 것, 확실하지 않은 것, 그렇지만 분명 마음속에 있어 일렁이는 아스므레한 그리움을 담았다.

시인에게는 스케일이 크고 주제 또한 거창한 시들이 여러 편 있다. 시대상을 비추기도 하고 현실에 저항하는 그런 내용의 시들도 있다. 그런데 왜 이 시만이 남아 사람들 마음을 울리는가. 이 시가 인간의 본성을 다루고 있고 또 이 시의 표현이 지극히 아름답고 순정하기 때문이다. 순정純情이 아닌 순정純正. '순진하고 정직함'의 뜻이다. 그야말로 잡것이 조금도 섞이지 않은 상태를 말한다.

더 말할 것이 무엇 있는가. 시를 읽고 그 느낌을 곱게 받으면 될 일이다. 그것을 내것으로 하고 나도 그처럼 맑고도 곱고 아름다운 마음을 지니고자 하면 되는 일이다. 시는 거기서 더 나갈 필요가 없다. 이러니저러니 사설을 달을 까닭도 이미 없다. 그것이 진정 시가 대를 이어 죽지 않고 살아서 강물처럼 가슴과 가슴으로 이어나가는 아름다운 모습이다.

단 5행이다. 그 가운데서도 한 행은 말줄임표로 처리했다. 매우 깔끔한 그리움과 사랑의 마음이 느껴진다. 전혀 군더더기가 없다. 시의 화자는 지금 사랑하는 사람인 "소녀"를 찾고 있다. 그러나 그 소녀는 눈앞에 없다. 눈앞에 있는 건 "빈 가지에" "걸어놓고" 간 "바구니"다. '바구니'에서 시인은 '소녀'의 실체를 본다. 아니다. 바구니가 바로 소녀다. 이 얼마나 사랑스런 표현인가.

그리고서 다음 연은 말줄임표인 점선뿐이다. 묵언으로 말을 대신하는 것이다. 이 또한 얼마나 신선한 표현인가. 이 시는 문자로만 표현하는 것이 아니라 문장부호로서도 정서를 표현할 수 있다는 것을 보여준 최초의 한국시가 아닌가 싶다. 그 다음엔 1연의 물음에 대한 답변이다. 언뜻 1연의 이미지를 반복 표현하는 것처럼도 보인다. "오늘도" "薄紗의 아지랑이"가 "가지 앞에 아른거린다"는 것이다. 이 또한 탁월한 이미지 작업이다.

'박사薄紗'란 얇은 비단을 말한다. 물론 여름이나 봄철 옷감으로 쓰일 것이다. 우리는 언뜻 이 대목에서 조지훈 시인의 「승무」의 한 구절을 떠올린다. "얇은 사紗 하이얀 고깔은/ 고이 접어서 나빌레라.// 파르라니 깎은 머리/ 박사薄紗 고깔에 감추오고"의 바로 그 구절 말이다. 얘기가 여기까지 오면 조지훈 시인의 승무 앞부분은 오일도 시인의 「내 소녀」에서 기법적 암시를 받았다고 해도 과언이 아닐 것이다. 이처럼 선배 시인의 작품은 후배시인에게 알게 모르게 영향을 주면서 상생하는 것이 아닐까 싶다.

" 윤 동 주 "

서시

죽는 날까지 하늘을 우러러
한 점 부끄럼이 없기를,
잎새에 이는 바람에도
나는 괴로워했다.
별을 노래하는 마음으로
모든 죽어 가는 것을 사랑해야지
그리고 나한테 주어진 길을
걸어가야겠다.

오늘 밤에도 별이 바람에 스치운다.

윤동주(尹東柱, 1917~1945) 시인은 참 내게 다행스런 이름이다. 청소년 시기, 시가 무엇인지도 모르면서 시인이 되겠다고 밤잠을 설치고 공주시내의 고서점을 해맬 때 그의 시를 읽었다는 것은 하나의 축복이다. 그로부터 평생을 시와 함께 하고 있으니 윤동주와 함께 하고 있음이요, 나이 70을 넘겨도 소년의 마음 청년의 마음 두근거리는 마음을 잃지 않음은 오로지 시인 윤동주의 덕이다.

이런 글이니까 그렇지 나는 시인 윤동주의 이름을 함부로 불러서는 안 된다고 주장하는 사람이다. 그것은 아버지가 29세에 돌아가셨다 해서 함부로 이름을 불러서는 안 되는 것처럼 말이다. 그래서 나는 시인 김소월과 함께 그 이름 아래에 김소월 선생, 윤동주 선생이라고 불러야 한다고 생각한다. 특히나 일평생 시를 쓰고 시를 사랑하는 사람은 더욱이나 말이다.

일제 말기, 그 암흑기, 8·15 해방공간에 윤동주의 시와 인간이 있었다는 것은 기적이고 축복이다. 한국말로 글을 쓰는 것은 물론 이야기를 해도 안 되는 그런 짐승의 세월. 오로지 한글로 글을 쓰는 것을 인생의 사명으로 삼았던 시인 윤동주. 그러므로 그의 시작행위는 애국행위요 고요한 독립운동이었다.

교활한 일본인들이 이것을 짚어서 알았던 것이다. 그래서 그들은 고요하기만 한 시인을 붙잡아 감옥에 가두며 온갖 악행을 가하여 끝내 목숨을 강탈한 것이다. 하지만 시인 윤동주는 죽지 않았다. 가끔 전국으로 문학강연을 다니면서 아이들, 특히 중학교 아이들에게 윤동주 시인이 죽었느냐 살았느냐 물으면 죽지 않았다고, 자기들 가슴속에 시인이 살아있다고 대답하는 기특한 아이들을 만나기도 한다.

그러하다. 시인 윤동주는 죽지 않았다. 우선 「서시」, 이 작품 한 편만으로도 죽지 않았다. 본래 이 시는 시인이 시집을 내고 싶어 육필로 18편의 시를 직접 쓴 수제시집 『하늘과 바람과 별과 시』 그 앞에 서문 형식으로 쓱 써넣은 글이다. 그런데 1948년 광복이 된 자유대한의 땅에서 정지용 시인이 서문을 쓰고 정음사에서 첫 책을 낼 때 '서시'라는 이름을 붙여서 오늘날 같이 「서시」란 작품이 된 것이다.

기독교 집안이면서 유교도 멀리 하지 않았던 시인의 가정, 그 교양이 그대로 숨어있는 작품이다. 시의 주제는 부끄럼 없는 삶과 사랑하는 삶. 시인이 꿈꾼 부끄럼 없는 삶은 "죽는 날까지 하늘을 우러러/ 한 점 부끄럼이 없"는 삶이다. 『맹자』의 첫 구절에 나오는 '하늘을 우러러 부끄럽지 아니하고 땅을 바라보아 부끄럽지 않음仰不愧於天 俯不怍於人'과 같은 부끄럼이다.

이때의 부끄럼은 자신의 나쁜 행실이 누군가에게 들켜 창피스러운 그런 부끄럼이 아니다. 자기 스스로에게 부끄러운 마음이고 하늘과 세상천지를 두고 부끄러운 마음, 즉 양심의 거울에 비춘 부끄러움이다. 이 얼마나 아름다운 부끄럼인가! 이런 부끄럼 때문에 "잎새에 이는 바람에도" "괴로워했다"니 이 또한 얼마나 순결한 마음인가.

그런 부끄러움을 마음속에 잘 간직하며 살아가는 시인이 또 꿈꾸었던 삶은 사랑하는 삶이다. "별을 노래하는 마음으로/ 모든 죽어 가는 것을 사랑해야지". 그 아름다운 결심이여. 우리는 평생을 살아도 윤동주의 인간 앞에 부끄럽고 이 시 한 편 앞에 두 손 모아 무한히 부끄러운 사람들이다.

자화상

산모퉁이를 돌아 논가 외딴 우물을 홀로 찾아가선 가만히 들여 다봅니다.

우물 속에는 달이 밝고 구름이 흐르고 하늘이 펼치고 파아란 바람이 불고 가을이 있습니다.

그리고 한 사나이가 있습니다.
어쩐지 그 사나이가 미워져 돌아갑니다.

돌아가다 생각하니 그 사나이가 가엾어집니다.
도로 가 들여다보니 사나이는 그대로 있습니다.

다시 그 사나이가 미워져 돌아갑니다.
돌아가다 생각하니 그 사나이가 그리워집니다.

우물 속에는 달이 밝고 구름이 흐르고 하늘이 펼치고 파아란 바람이 불고 가을이 있고 추억처럼 사나이가 있습니다.

자화상 치고서는 단순하고 천진한 자화상이다. 하늘에 어린 실루엣 같은 그림. 그것도 반복적으로 나타나는 심상으로 그려진 그림이다. 어느 날 산모롱이 길을 가다가 시인은 우물 하나를 보았던 것이고 그 우물을 들여다보았던 모양이다.

"달이 밝고 구름이 흐르고 하늘이 펼치고 파아란 바람이 불고 가을이 있"는 걸로 보아 가을밤이었을까. 시인의 상상이 가미될 수 있겠기에 그런 것은 또 그런 대로 좋다고 해두자. 이러한 배경으로 자신의 모습이 비친다. 그런데 시인은 '사나이'라고 자기를 불렀다. 자기객관화의 증거다.

왜 자기 자신을 사나이라고 부르고 그 사나이가 미워졌을까? 만족스럽지 못한 구석이 자기한테 있어서 그랬을 것이다. 이러한 감정의 기복은 계속된다. 미움 → 가엾음 → 다시 미움 → 그리워짐. 청년 윤동주의 순결하면서도 결벽증에 가까운 내면 풍경을 엿볼 수 있는 작품이다. 움직이는 마음, 움직이는 그림. 시를 일러 '언어로 그려진 그림'이라고 그럴 때 여기에 합당한 작품이겠다.

죽는 날, 그 순간까지 오로지 학생으로 살았던 사람. 평생을 책만 읽고 글만 쓰고 살았던 사람. 천지개벽 이래 한 번도 손타보지 않은 생땅처럼 순결했던 사람. 영원히 죽지 않는 만년 청년 윤동주, 그의 모습이 어린다. 그것도 우리들 마음의 거울, 맑은 샘물에 어린다. 별이 되어 어린다.

눈 오는 지도

순이가 떠난다는 아침에 말 못할 마음으로 함박눈이 내려, 슬픈 것처럼 창밖에 아득히 깔린 지도 위에 덮인다. 방안을 돌아다보아야 아무도 없다. 벽과 천정이 하얗다. 방안에까지 눈이 내리는 것일까. 정말 너는 잃어버린 역사처럼 홀홀이 가는 것이냐. 떠나기 전에 일러둘 말이 있던 것을 편지를 써서도 네가 가는 곳을 몰라 어느 거리, 어느 마을, 어느 지붕 밑, 너는 내 마음속에만 남아 있는 것이냐. 네 조그만 발자욱을 눈이 자꾸 내려 덮여 따라 갈 수도 없다. 눈이 녹으면 남은 발자욱 자리마다 꽃이 피리니 꽃 사이로 발자욱을 찾아 나서면 일 년 열두 달 하냥 내 마음에는 눈이 내리리라.

「동주」라는 영화에는 시인이 두 사람 여성과 사귀는 장면이 나온다. 하지만 실제에서는 여성관계가 전혀 없었음이 시인의 친아우 윤일주의 증언으로 밝혀졌다. 시인의 시에는 이성과의 연정을 소재로 한 작품도 보이지 않는다. 구체적인 여성의 이름이나 지시대명사도 별로 나오지 않는다.

여성의 이름이 나온다면 오직 두 편. 「소년」이란 시와 위에 적은 시 「눈 오는 지도」이다. (아. 또 있기는 있다. 시 「별 헤는 밤」에 '패, 경, 옥' 이렇게 이국소녀들의 이름이 나오긴 한다.) 두 작품에 공통적으로 등장하는 여성의 이름은 "순이". 순이는 우리나라 여성의 이름 가운데에서 가장 흔하고 보편적인 이름. 그 순이를 부르면서 시가 시작된다.

순이는 도대체 누굴까? 시인의 집안에서 살던 친척 누이일까? 마을에서 만나던 처녀아이일까? 아니면 학교에서 함께 공부했던 여자 친구일까? 그런 것들이사 아무렇게나 내버려두어도 좋을 것이다. 다만 이 시에서 소년 윤동주의 그리움과 동경을 우리가 읽으면 되는 것이다. 언제나 먼 곳, 미지의 곳을 발돋움해 목이 길고 가슴이 답답한 그 보랏빛 동경 말이다.

떠나는 사람에 대한 아담한 전별시다. 새하얀 눈을 배경으로 순이는 떠나간다. 순이가 떠난 뒤에 방안을 돌아보니 벽과

창까지 하얗다. 이것을 보면서 시인은 방안까지 눈이 내리는 것이냐고 서러워한다. 서러움이더라도 흐느끼는 격정의 서러움이 아니라 고즈넉한 조용한 서러움이다.

　이별 뒤에 남는 말을 편지로 써서 보내주고 싶지만 주소를 몰라 보낼 수도 없다. 다만 시인의 마음에 떠나는 순이의 발자욱만 남고 발자국 위에 다시 눈이 내린다. 다시금 봄이 오고 발자욱에 내린 눈이 녹으면 녹은 자리에 꽃이 필 것을 믿는다. 소망이고 부활의 의지, 소년연모다.

　"하냥". 김영랑의「모란이 피기까지는」에도 나오는 그 하냥이다. '언제까지나' '계속해서' 그런 뜻일 것이다. 하기는 '함께'라고 읽어도 좋을 하냥. 남국의 언어인 줄로만 알았는데 만주 출신의 시인의 시에서 읽으니 새로운 느낌이다.

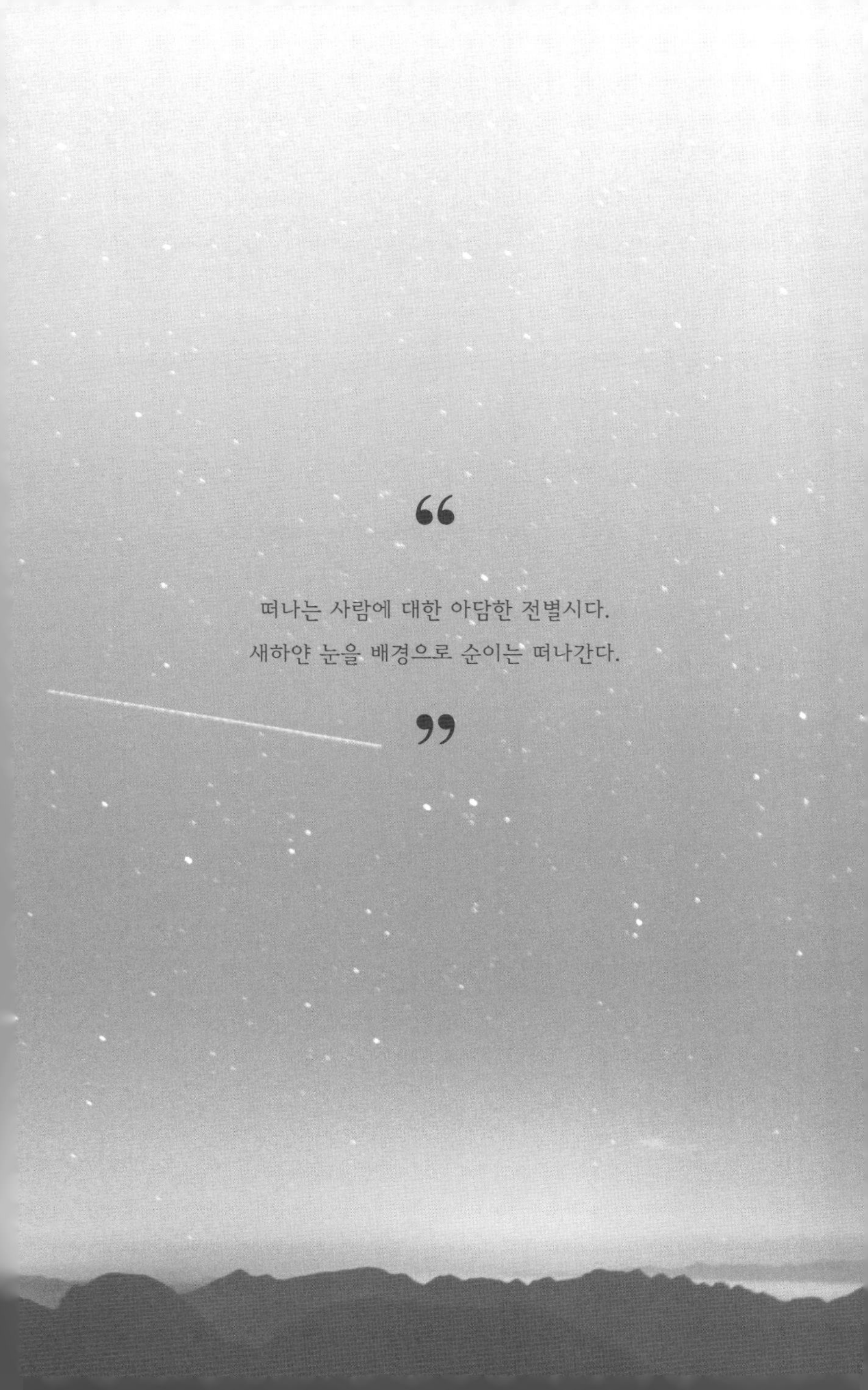

"

떠나는 사람에 대한 아담한 전별시다.
새하얀 눈을 배경으로 순이는 떠나간다.

"

참회록

파란 녹이 낀 구리 거울 속에
내 얼굴이 남아 있는 것은
어느 왕조의 유물이기에
이다지도 욕될까.

나는 나의 참회의 글을 한 줄에 줄이자.
― 만 이십사년 일 개월을
　무슨 기쁨을 바라 살아왔던가.

내일이나 모레나 그 어느 즐거운 날에
나는 또 한 줄의 참회록을 써야 한다.
― 그때 그 젊은 나이에
　왜 그런 부끄런 고백을 했던가

밤이면 밤마다 나의 거울을
손바닥으로 발바닥으로 닦아보자.

그러면 어느 운석 밑으로 홀로 걸어가는
슬픈 사람의 뒷모양이
거울 속에 나타나온다.

만주 용정에서 낳아서 자라고 학교 다녔을 뿐더러 평양에서도 1년 공부했던 윤동주는 서울에 와서 연희전문(오늘의 연세대학교)에서 공부를 한다. 여기에서 많은 시를 썼고, 졸업 기념으로 77부의 시집을 내고 싶어 필사를 한 것이 『하늘과 바람과 별과 시』이다. 하지만 시인은 시집 출간의 꿈을 이루지 못하고 다시 일본 유학의 길을 떠난다.

1942년 25세의 나이. 다른 사람들 같았으면 고향으로 돌아가 직업을 갖든지 결혼을 하여 살림을 차렸을 나이다. 보다 큰 꿈이 그를 적의 땅 일본으로 가게 했을 것이다. 그러나 일본 유학을 가기 위해서는 창씨개명을 해야 했던 터. 시인은 1942년 1월 27일 창씨개명을 한다. 그로부터 5일 전에 쓰여진 시가 바로 이 시 「참회록」이다.

히라누마 도쥬平沼東柱. 일본식 이름이다. 이 이름을 갖기 전에 시인은 무한히 주저하고 마음속 고통을 느꼈으리라. 자신의 처지가 비참하기까지 했으리라. 그래서 '참회록'이다. 자기의 잘못에 대하여 깨닫고 깊이 뉘우치는 행위가 바로 참회다. 과연 시인은 무엇을 참회해야만 했을까.

시인은 먼저 자신의 모습에서 욕스러움을 발견하고 그것을 개탄한다. 그것은 마치 '어느 왕조의 유물'과 같이 폐기된 자신이다. '파란 녹이 낀 구리 거울 속에' 남아 있는 얼굴이다.

정확히 따져본 생애는 24년 1개월. 참회록을 쓰는 시인의 결기가 대단하다. "참회의 글을 한 줄에 줄이자." "또 한 줄의 참회록을 써야 한다."

윤동주 시의 핵심은 단연코 부끄러움. 부끄러움은 정신적으로 자유스러운 사람만이 느끼는 찬란하고도 아름다운 마음의 무늬다. 더구나 자유가 속박되고 민족의 정기와 문화마저 말살되어 가는 절체절명의 위기 속에서 느끼는 시인의 부끄러움은 더욱 결렬하고 뜨겁고 폭발적이기까지 한 것이다. 부끄러움 없는 세대. 반성할 줄 모르는 인간들. 이 시는 우리들이 날마다 읽고 마음의 거울을 닦아야 할 그런 시이다.

윤동주. 그이의 참된 삶의 목표는 다만 한 줄의 참회록을 쓰기 위한 인생이겠다. 결국은 참회할 것이 없도록 살아보자는 것일 것이다. 몇 년 전 나는 만주 여행길에 명동촌을 찾았고 거기서 윤동주 생가를 보았고 그 옆에 새로 지은 명동교회를 보았다. 벽에 이런 글귀가 쓰여 있었다. '나의 삶이 곧 유언이다行則遺言.' 이것은 명동학교와 명동교회를 세워 후학을 가르친 윤동주의 외숙 김약연 목사의 말씀.

소년 윤동주는 이런 어른의 가르침 밑에서 고종사촌 송몽규와 더불어 꿈을 키우며 공부했던 것인데 이런 어른의 가르침이 있었기에 참회의 글을 한 줄로 줄일 수 있는 삶을 꿈꾸고 또 살았을 것이다. "어느 운석 밑으로 홀로 걸어가는/ 슬픈 사람의 뒷모양"은 바로 시인의 모습 . 시인은 지금쯤 어느 운석 밑으로 걸어가고 있을 것인가!

또 다른 고향

고향에 돌아온 날 밤에
내 백골이 따라와 한 방에 누웠다.

어둔 방은 우주로 통하고
하늘에선가 소리처럼 바람이 불어온다.

어둠속에 곱게 풍화작용하는
백골을 들여다보며
눈물짓는 것이 내가 우는 것이냐
백골이 우는 것이냐
아름다운 혼이 우는 것이냐

지조 높은 개는
밤을 새워 어둠을 짖는다.

어둠을 짖는 개는
나를 쫓는 것일 게다.

가자 가자
쫓기우는 사람처럼 가자

백골 몰래

아름다운 또 다른 고향에 가자.

심각하고 비장하다. 고향에 돌아간 날 밤, 자기와 함께 백골이 따라와 함께 방에 누웠다니! 당시 전쟁으로 치닫는 일제 식민치하, 현실의 각박함과 살았어도 산 목숨이 아님을 보여주는 백서다. 백골을 들여다보며 우는 것은 나인가? 아니면 백골인가? 아름다운 혼령인가? 섬뜩한 유체이탈의 세계다.

'지조 높은 개'는 또 어떤 존재일까? 일본 형사? 조선인 형사? 시인의 영혼은 이런 부당한 현실을 벗어나 어딘가로 가고자 외친다. "백골 몰래/ 아름다운 또 다른 고향"에 가자고 그런다. 과연 아름다운 고향은 어디였을까?

시인의 현실 인식을 가늠할 수 있는 심각하고 비장한 작품이다. 이런 작품 앞에서 우리는 오늘날 우리가 사는 이 나라 이 현실이 얼마나 다행스럽고 고마운가를 깨쳐야만 할 터. 값없이 얻은 안일과 풍요가 시인에게 미안한 마음조차 있는 게 사실이다.

> "백골 몰래/ 아름다운 또 다른 고향"에 가자고 그런다.
> 과연 아름다운 고향은 어디였을까?

무서운 시간

거 나를 부르는 것이 누구요,

가랑잎 이파리 푸르러 나오는 그늘인데,
나 아직 여기 호흡이 남아 있소.

한 번도 손들어 보지 못한 나를
손들어 표할 하늘도 없는 나를

어디에 내 한 몸 둘 하늘이 있어
나를 부르는 것이오.

일을 마치고 내 죽는 날 아침에는
서럽지도 않은 가랑잎이 떨어질 텐데……

나를 부르지 마오.

벌써 시인은 자신의 미래를 짐작이나 했던가. 예언처럼 섬뜩하다. 일본으로 건너가기 전에 쓰여진 작품. 자필시집『하늘과 바람과 별과 시』에 들어 있는 작품이다. 잔뜩 긴장되어 있고 불안해하고 있고 압박감마저 느끼고 있다.

이것은 하나의 숨김없는 증언이다. 비록 그 시절을 우리가 살지는 않았지만 이러한 작품을 통해 우리는 추체험을 갖게 된다. 쫓기는 순결한 영혼을 만나 그의 손을 잡고 위로해주고 싶어진다.

나에게는 윤동주 시인을 위해서 쓴 시가 한 편 있다. 옮기면 아래와 같다. "우리들 마음속에/ 더는 나이를 먹지 않는 한 청년이 살고 있습니다/ 우리들 영혼 속에/ 더는 변하지 않는 한 권의 시집이 숨쉬고 있습니다// 금방 감아서 물기도 채 마르지 않은 검은 머리칼/ 상큼한 비누 냄새가 나는 것 같기도 하고/ 이슬 내린 풀밭 풀꽃 향기가/ 어른거리기도 합니다// 그 시인은 남의 나라 땅 슬프고 외롭고 추운 별이 되어/ 떠돌다가 하늘로 간/ 불행한 시인이었습니다// 그러나 그 시인과 그 시인의 시집으로 하여 우리는/ 오래 행복할 수 있었습니다/ 앞으로 더욱 오래 행복할 수 있을 겁니다// 이제금 우리들 마음의 하늘에 그 시인은/ 지지 않는 빛나는 별이 되었습니다. — 나태주,「윤동주」전문"

십자가

쫓아오던 햇빛인데
지금 교회당 꼭대기
십자가에 걸리었습니다.

첨탑이 저렇게도 높은데
어떻게 올라 갈 수 있을까요.

종소리도 들려오지 않는데
휘파람이나 불며 서성거리다가,

괴로웠던 사나이,
행복한 예수 그리스도에게
처럼
십자가가 허락된다면

모가지를 드리우고
꽃처럼 피어나는 피를
어두워가는 하늘밑에
조용히 흘리겠습니다.

또다시 쫓기는 자아이고 불안한 심상이다. 이번에는 예수 그리스도가 못 박혀 죽은 십자가 위에 시인 자신을 얹는다. 비록 자신은 예수 그리스도는 아니지만 그처럼 십자가 위에 못 박혀 죽을 수 있는 기회가 되면 결연히 죽겠노라고 선언한다. 20대 중반의 젊은이로서 이러한 인생관이 형성되다니 다시 한 번 놀랍고 스스로 부끄러운 마음이다.

1942년 도일하여 릿교대학을 거쳐 도지샤대학에서 공부하다가 1943년 7월 14일 고향으로 돌아오기 위해 기차표를 끊고 짐까지 부쳤는데 일본 경찰에 체포되어 취조를 받고 재판을 받고 후쿠오카형무소에서 1945년 2월 16일 시인은 절명하였다. 이 어찌 억울하고 분한 일이 아니겠는가!

한 줌 재로 돌아와 자신이 태어난 땅 중국의 만주, 용정에 고요히 묻힌 시인. 결국은 시인이 시에서 예언한 내용처럼 되어버리고 말았다. 이처럼 인간의 말, 그것도 시의 문장은 영혼의 말이고 그 말은 또 예언기능까지를 갖는 것인가 보다. 심히 두려운 일이다.

쉽게 쓰여진 시

창밖에 밤비가 속살거려
육첩방은 남의 나라,

시인이란 슬픈 천명인 줄 알면서도
한 줄 시를 적어 볼까,

땀내와 사랑내 포근히 품긴
보내 주신 학비 봉투를 받아

대학 노-트를 끼고
늙은 교수의 강의 들으러 간다.

생각해보면 어린 때 친구들
하나, 둘, 죄다 잃어버리고

나는 무얼 바라
나는 다만, 홀로 침전하는 것일까?

인생은 살기 어렵다는데
시가 이렇게 쉽게 씌어지는 것은

부끄러운 일이다.

육첩방은 남의 나라
창밖에 밤비가 속살거리는데,

등불을 밝혀 어둠을 조금 내몰고
시대처럼 올 아침을 기다리는 최후의 나,

나는 나에게 작은 손을 내밀어
눈물과 위안으로 잡는 최초의 악수.

굴욕적으로 창씨개명을 하고 일본 유학길에 오른 청년 윤동주. 그에게는 무슨 원대한 꿈이 있었을까. 그 어디에서도 좋은 조짐의 싹을 찾아보기 어렵던 시절, 그는 어디에서 앞날의 소망을 보았을까. 일본으로 건너가 일본 도쿄에 있던 릿쿄대학을 거쳐 교토의 도시샤대학에서 공부한 윤동주.

　이 작품은 그렇게 일본에서 공부하던 시절에 쓰여진 작품 가운데 한 편이다. 모두가 다섯 편. 고국에 있는 강처중이란 이름의 친우에게 보낸 편지 속에 들어 있던 작품이다. 그 당시는 일본인들이 전쟁에 광분하면서 우리 한국의 문화와 역사, 정신을 말살하기 위해 혈안이 되어 있던 시기이다.

　학교에서도 일본어를 '국어'라고 가르치고 우리말은 '조선어'란 이름으로 외국어처럼 가르치면서 학생들에게 일본어 상용을 강요하던 시절이다. 기차역에서도 우리말로 기차표를 달라고 하면 기차표를 팔지 않았다고 한다. 만약 학교에서 학생들이 한국어를 한 마디라도 사용하면 서로가 감시하여 벌점을 주도록 하게 했다니 적반하장도 이만저만이 아니었던 시절이다.

　그러니 시인이 우리말로 시를 쓴 것조차 죄가 될 수밖에 없었고 그 시를 간직하는 것도 벌이 주어지던 시절이었다. 그러므로 윤동주로부터 편지를 받은 강처중은 두려운 마음에 편지

글은 없애버리고 시 원고만은 차마 그러지 못해 몰래 감춰두었다가 뒷날 조국 광복을 이룬 날 세상에 내놓아 빛을 보게 한 것이다. 이 얼마나 고마운 일인가. 그 시절은 우리말로 시를 짓는 일조차 애국행위가 되던 시절이었다.

스물다섯 살의 대학생 윤동주. 시의 전반부엔 그런 윤동주의 싱그런 모습이 드러나 있다. 하지만 중반으로 오면서 분위기가 급히 어두워지고 자기 회한에 빠지는 청년의 모습을 보여준다. "생각해보면 어린 때 친구들/ 하나, 둘, 죄다 잃어버리고// 나는 무얼 바라/ 나는 다만, 홀로 침전하는 것일까?// 인생은 살기 어렵다는데/ 시가 이렇게 쉽게 씌어지는 것은/ 부끄러운 일이다."

개인적인 비탄이면서 외부에서 오는 시련에 대한 개탄이다. 그러면서 이토록 어려운 인생살이 가운데 시가 "쉽게 씌어지는 것은/ 부끄러운 일이다"라고 고백하는 것은 하나의 각성이며 회심이다. 이러한 각성과 회심이 윤동주의 시를 받쳐주는 든든한 버팀목이다. 세월의 풍화작용에도 떠내려가지 않게 하는 닻이다.

그토록 지악스러운 일제말기의 세월을 살았으면서도 유작으로 남긴 시편 어느 한구석에도 일본말 단어를 단 하나도 사용하지 않은 윤동주의 민족의식과 우리말 사랑의 정신은 대단한 것이다. 가히 순교자적이라 할 만한 것이고 눈물겹기까지 한 일이다. 이 아름다운 시인은 흔히 오늘날 우리들도 쉽게 사용하는 '다다미방'이란 일본말 대신에 굳이 '육첩방'이란 말을 창조적으로 사용하여 시를 쓰고 있는 것이다.

육첩방六疊房의 '육첩六疊'은 6개, 또는 6조란 뜻이다. 일본 사람들한테는 '두 개 이상의 물건이 갖추어 한 벌을 이룰 때, 그 한 벌의 물건을 세는 단위'로 쓰이는 글자라 한다.

좋은 인생의 핵심이 후반부에 있는 것처럼 좋은 시의 핵심이나 결론 또한 후반부에 있게 마련이다. "육첩방은 남의 나라/ 창밖에 밤비가 속살거리는데". 남의 나라에 사는, 마음이 살아있는 젊은이의 이유 있는 비애요 우울이다. "등불을 밝혀 어둠을 조금 내몰고/ 시대처럼 올 아침을 기다리는 최후의 나". 가뜩이나 위기의식에 움츠린 자아가 보이고, 피할 수 없는 대결을 앞둔 자의 결연함 같은 것이 엿보인다.

"나는 나에게 작은 손을 내밀어/ 눈물과 위안으로 잡는 최초의 악수". 어렵사리 골짜기를 지나 다다른 화평의 나라를 본다. 결국 나의 적수는 나. 나와 내 안에 있는 또 하나 나와의 화해는 세계와의 화해다. 이것은 젊은 시인의 승리이자 한국어의 승리이고 오늘날 이 시를 읽는 우리들 모두의 승리이다.

> **"**
>
> 결국 나의 적수는 나.
>
> 나와 내 안에 있는 또 하나 나와의 화해는 세계와의 화해다.
>
> **"**

별 헤는 밤

계절이 지나가는 하늘에는
가을로 가득 차 있습니다.

나는 아무 걱정도 없이
가을 속의 별들을 다 헤일 듯합니다.

가슴속에 하나 둘 새겨지는 별을
이제 다 못 헤는 것은
쉬이 아침이 오는 까닭이요,
내일 밤이 남은 까닭이요,
아직 나의 청춘이 다하지 않은 까닭입니다.

별 하나에 추억과
별 하나에 사랑과
별 하나에 쓸쓸함과
별 하나에 동경과
별 하나에 시와
별 하나에 어머니, 어머니,

어머님, 나는 별 하나에 아름다운 말 한 마디씩 불러봅니다. 소

학교 때 책상을 같이 했던 아이들의 이름과, 패, 경, 옥 이런 이국
소녀들의 이름과, 벌써 애기 어머니 된 계집애들의 이름과, 가난한
이웃 사람들의 이름과 비둘기, 강아지, 토끼, 노새, 노루, 프랑시스
잠, 라이너 마리아 릴케, 이런 시인의 이름을 불러봅니다.

이네들은 너무나 멀리 있습니다.
별이 아스라이 멀 듯이,

어머님,
그리고 당신은 멀리 북간도에 계십니다.

나는 무엇인지 그리워
이 많은 별 빛이 나린 언덕 위에
내 이름자를 써보고,
흙으로 덮어 버리었습니다.

딴은 밤을 새워 우는 벌레는
부끄러운 이름을 슬퍼하는 까닭입니다.

그러나 겨울이 지나고 나의 별에도 봄이 오면

무덤 위에 파란 잔디가 피어나듯이
내 이름자 묻힌 언덕 위에도
자랑처럼 풀이 무성할 게외다.

시는 오직 서정의 문장이다. 마음에 일어나는 감흥을 될수록 짧고 간절한 문장 안에 응축해서 표현해내는 지극히 경제적인 문장이다. 그러면서 그 안에 노래와 그림이 있어야 하는 문장이다. 형이나 색으로 보는 것은 아니지만 눈에 보이는 듯 써야 하고 귀로 듣는 것은 아니지만 출렁임, 그러니까 율조를 느끼게 하는 문장이어야 한다.

　물론 이 작품은 그 모든 것을 만족시키기에 충분한 작품이다. 서정시로서의 모든 조건을 갖추고 있으면서 완미한 작품이다. 하지만 그것과 더불어 우리는 어떠한 강물 같은 크고도 넓고도 기나긴 흐름 같은 걸 느낀다. 서사 말이다. 서사란 사건을 늘어놓는다, 란 말이다. 이 시에서는 서정 안에 들어 있는 그 어떤 노래와 그림의 강물을 길게 늘어놓은 듯한 느낌을 받는다.

　서정이면서 서사를 함께 느끼는 이 작품. 시인의 대표작이다. 한 사람 시인의 생애에 이런 작품 한 편만 쓴다 해도 후회 없을 것 같은 그런 작품이다. 어떤 시인은 죽음의 마당에 이런 말을 한 시인도 있다. '시인에게는 백 편의 작품이 중요한 것이 아니라 백 사람에게 읽혀질 단 한 편의 작품이 중요한 것이다.' 그러하다. 이 작품이야말로 백 사람, 천 사람에게 읽혀지는 작품이다.

한 사람의 모든 것이 다 나와 있다. 출생에서 성장과 죽음과 죽음 이후까지. 인생보고서, 장쾌한 자서전이고 참회록이다. 그러네. 이 작품에도 '부끄러움'이 나오네. 시의 곳곳에서 보이는 부끄러움의 흔적, 흔적들. 그것은 눈물이며 한숨이며 자기성찰이며 미래를 바라보는 맑은 눈이다. 오직 부끄러움은 개인적인 문제, 양심의 문제, 스스로 그러한, 자연스러운 것. 그런데 오늘날 우리들은 이 부끄러움이 없으니 어찌할꼬?

편지글이다. 시인의 고향 용정, 만주 북간도에 계신 어머님에게 드리는 편지글이다. 그러기에 경어체를 선택하고 있다. 편지라도 기나긴 편지이다. 밤을 새워서 썼으리라. 사랑하는 마음, 그리운 마음, 안타까운 마음이 가득 들어 있다. 100년 전 청년 윤동주가 가졌을 모든 정서적 출렁임을 오늘의 우리가 함께 갖는다는 것, 이것은 참으로 놀라운 일이고 고마운 일이다.

이 작품은 필사본 시집 『하늘과 바람과 별과 시』맨 마지막에 실린 시이다. 여기까지 시인은 18편의 시를 옮겨 적고 마지막으로 서문을 맨 앞에 썼다. 그러나 뒷날의 사람들이 서문을 '서시'라고 이름 붙여 독립시켰으므로 19편의 작품이 되었다. 본래 시인은 필사본 시집을 세 권 만들었다. 한 권은 자기가 갖고 또 한 권은 스승 이양하 교수에게 드리고 또 한 권은 후배 정병욱에게 주기 위해서였다. 헌데 두 권은 사라지고 한 권만 남아 오늘의 시로서 전해지고 있다.

후배 정병욱에게 준 바로 그 시집이다. 정병욱은 윤동주와 헤어져 고향으로 돌아가 학병으로 끌려가면서 어머니에게 부탁하여 이 시집을 마룻장을 뜯어내고 땅을 파 구덩이를 만들어 거기에 항아리를 묻고 그 안에 보관하도록 했다고 한다. 당시는 한글로 된 시 원고를 소지하는 일조차 불온한 일이 되어 붙잡혀 갈 일이 되고 벌 받는 일이 되기에 그런 것이다. "어머니, 조국이 광복이 되기까지는 절대로 이 원고를 밖으로 꺼내면 안됩니다." 학병으로 끌려가면서 갈라진 목소리로 말하는 정병욱의 말이 들리는 듯싶다.

항아리에 숨긴 시! 이 얼마나 처절하게 아름다운 징그러운 시의 신화인가! 후배 정병욱이 없었다면 오늘날 윤동주의 시도 없을 뻔했다. 윤동주의 존재도 기적이지만 정병욱의 존재도 기적이다. 밤하늘에 정답게 반짝이는 두 개의 별을 본다. 그래서 전남 광양에 있는 정병욱의 옛집에서는 이러한 모든 것들을 잘 기록하고 보존하여 오늘의 사람들, 관광객들에게 보여주고 있다고 한다. 잘하는 일이다.

마지막으로 한 가지만 더 적는다. 윤동주의 필사본 원고를 보면 작품마다 그 말미에 제작 연도를 꼼꼼하게 적어놓는 시인의 성실함을 확인하게 된다. 이 작품의 제작연도는 1941년 11월 5일. 그런데 그 숫자가 마지막 연 안쪽인 문장, "부끄러운 이름을 슬퍼하는 까닭입니다". 다음에 적혀있다. 이것은 무엇을 의미하느냐 하면 당초의 글은 여기까지라는 것을 말해준다.

그런데 이 원고를 읽고 난 후배 정병욱이 아무래도 여기까지만 쓰면 글이 너무 허무하고 슬픈 결말이 되니까 그 다음에 부활과 소생의 의미를 담아 무언가 더 써야 하지 않겠느냐는 의견을 주어 그 의견에 따라 시인이 그 다음 문장을 써넣었다는 것을 의미한다. "그러나 겨울이 지나고 나의 별에도 봄이 오면/ 무덤 위에 파란 잔디가 피어나듯이/ 내 이름자 묻힌 언덕 우에도/ 자랑처럼 풀이 무성할 게외다."

2016년 나는 공주지역에 사는 문학 동호인들을 모아 윤동주 시인을 찾아가는 중국여행을 떠난 일이 있다. 어렵게, 어렵게 시인의 묘소를 찾았다. '무덤 위에 파란 잔디가 피어'날 것이라고 노래하는 시인의 무덤 위엔 풀이 자라지 않고 오히려 붉은 흙만이 봉분을 이루고 있었다. 안내한 현지인의 말에 의하면 중국 사람들은 무덤의 풀을 뽑아내고 흙만 남기는 것이 더 그 무덤의 주인에게 잘해드리는 일이기에 그렇다는 것이었다. 우리는 울면서 시인의 무덤에 난 풀을 뽑아주고 돌아왔다.

"이 병 철"

나막신

은하 푸른 물에 머리 좀 감아 빗고
달 뜨걸랑 나는 가련다
목숨 壽자 박힌 정한 그릇으로
체할라 버들잎 띄워준 물 좀 먹고
달 뜨걸랑 가련다
삽살개 앞세우곤 좀 쓸쓸하다만
고운 밤에 딸그락딸그락
달 뜨걸랑 나는 가련다

한참 전, 금산이란 곳에서 문학행사를 마치고 저녁식사 자리. 함께 참석한 신경림 시인이 들려준 시다. 처음 듣는 시라서 나는 시를 적어주십사 부탁했다. 한 시절 교과서에도 나온 시라는데 느낌이 전혀 달랐다.

　돌아와 책장을 뒤적여 책을 찾아보았다. 거기에 1946년부터 1948년까지 3년 동안 중학교 국어과 교과서에 나오는 작품으로 되어 있었다. 아직껏 왜 이런 시를 몰랐던가.

　이병철(李秉哲. 1921~1995) 시인. 월북한 시인이다. 북으로 가서 끝까지 잘 버티면서 활약을 하다 간 시인으로 알려져 있다. 남에서는 지워진 이름이다. 하지만 사람은 지워져도 그의 작품만은 지워지지 않는다. 작품이 지닌 생명력 덕분이다.

　매우 단순하고 깔끔한 시. 문장도 겨우 세 개로 단출하다. "달 뜨걸랑 나는 가련다"란 시행이 세 번이나 반복된다. 시의 주인공은 낮도 아닌 밤, 그것도 달이 뜨는 밤에 어딘지 모를 곳으로 떠나는 젊은이다.

　떠난다는 것은 새로움에 대한 갈구와 미지의 세계에 대한 그리움에서 나온 구체적인 행위. 이러한 갈구와 그리움에 바쳐지는 시인의 노력이 또한 가상하다. 머리를 감되 "은하 푸른 물"에 감는다 했고, 물을 먹되 "목숨 壽자 박힌 정한 그릇으로/ 체할라 버들잎 띄워" 먹는다 했으며, 길을 가되 "삽살개

앞세우곤 좀 쓸쓸하다만/ 고운 밤에 딸그락 딸그락" 소리를
내며 가자고 했다.

우리에게도 이렇게 서럽도록 아름답던 시절이 있었던가!
이것은 한 폭의 마음의 풍경화요 소리 없는 교향악. '딸그락
딸그락' 소리는 신발 끄는 소리가 아니라 어딘가로 떠나는 싶
어 하는 누군가 혼령의 울림이다.

"이 상"

꽃나무

벌판한복판에꽃나무하나가있소. 근처에는꽃나무가하나도없소. 꽃
나무는제가생각하는꽃나무를열심으로생각하는것처럼열심으로꽃
을피워가지고섰소. 꽃나무는제가생각하는꽃나무에게갈수없소. 나는
막달아났소. 한꽃나무를위하여그러는것처럼나는참이상스러운흉내
를내었소.

시인 이상(李箱, 1910~1937)은 한국의 기존의 시적 전통으로 볼 때는 정상이 아니라서 이상異常한 시인이고 때로는 미래의 이상理想을 보여주는 시인이고 시인의 위상이나 깊이로는 또 그 이상以上은 없는 시인이다. 그 모든 이상을 합한 이상으로서의 이상이다. 시인의 본명이 김해경이란 것을 아는 사람은 안다.

　조선총독부 건축기사로 일할 때 일본사람들이 김 씨인 것을 모르고 "이상! 이상!"하고 불러 스스로 이상이라고 필명을 지어 오늘날까지 이상이 되었는데 실은 '상자 속에 갇힌 인간'이란 아이러니로 그렇게 작명을 했다는 얘기가 전한다. 역시 식민지시대 한 젊은 지식인의 고뇌가 들어있는 이름이라 하겠다.

　한국의 대학교 국문과에서 가장 많이 관심을 갖고 연구하는 시인을 찾으라면 이상일 것이고 학위논문으로 친다 해도 가장 많은 논문을 갖고 있는 시인이 바로 이상일 것이다. 파먹어도, 파먹어도, 파먹을 것이 남아 있는 광산과 같은 시인이다. 우리나라 시인으로서는 독보 중의 독보요, 하나만으로 가득차고 충분한 시인이다.

　「오감도」의 시인. 알다가도 모를 것 같은 말과 숫자로 쓰여진 시. 정말로 잘 이해가 안 가는 그의 시편 가운데 그래도 이해가 가능하고 마음의 접근을 허락하는 시 한 편을 고르라면 「꽃나무」란 작품이겠다. 사랑의 시로 읽힌다. 벌판에 있는 꽃나무 한 그루. 외로운 꽃나무. 늘 혼자 있어 시인의 마음이 갔던 모양이다.

예로부터 '생각한다'는 말은 '사랑한다'는 말의 다른 표현. 두 개의 꽃나무가 사랑하는 마음을 가졌던 것이다. 그런데 저쪽의 꽃나무가 소극적이기만 해도 이쪽의 꽃나무가 용기를 냈던가 보다. 그런데 왜 사랑하면 더욱 가까이 가야 하는데 '막 달아'났을까? 모를 일이다. 그래서 '참 이상스러운 흉내'인 것인가. 시인 이상다운 사랑 표현이다.

66

우리나라 시인으로서는 독보 중의 독보요,
하나만으로 가득차고 충분한 시인이다.

99

거울

거울속에는소리가없소
저렇게까지조용한세상은참없을것이오

거울속에도내게귀가있소
내말을못알아듣는딱한귀가두개나있소

거울속의나는왼손잡이오
내악수를받을줄모르는— 악수를모르는왼손잡이오

거울때문에나는거울속의나를만져보지못하는구료마는
거울이아니었던들내가어찌거울속의나를만나보기만이라도했겠소

나는지금거울을안가졌소마는거울속에는늘거울속의내가있소
잘은모르지만외로된사업에골몰할게요

거울속의나는참나와는반대요마는
또꽤닮았소
나는거울속의나를근심하고진찰할수없으니퍽섭섭하오

이 시 또한 재미있다. 거울의 속성을 재발견하면서 자아를
또한 재발견해내는 내용이다. 모두가 반대인 거울 이쪽의 사
람과 거울 저쪽의 사람. 그 두 사람의 친숙하면서도 멀고 차
가운 관계. 그 속에 접근불가의 사물의 존엄이 있고 존재성이
깃들었던가 싶다. 장난스럽고 귀여운 작품.

시란 이렇게 나의 문제를 천착하는 문장이다. 그러나 더 좋
은 시가 되기 위해서는 너의 문제를 소홀히 해서는 안 된다.
더구나 시가 독자에게 유용한 것이 되고 위안이 되고 축복이
되고 기쁨과 행복의 원천이 되기 위해서는 나의 문제와 더불
어 너의 문제에도 눈을 감지 말아야 한다. 이것은 시를 쓰면
서 나 스스로한테 이르는 말이기도 하다.

인터넷 '네이버 지식백과'에 이상의 시 「거울」에 대한 분석
적이며 명쾌한 해설이 있기에 여기에 옮기면 아래와 같다.

이상의 「거울」은 그의 다른 시 작품들처럼 띄어쓰기를 철저
하게 무시한 채, 거울 앞에 선 근대적 개인의 자아분열의 양상
을 그려내고 있다. 여기서 '거울'은 현실적 자아의 모습을 거꾸
로 비춤으로써 '나'라는 존재에 대해 의심을 품지 않고 살았던
의식적 주체가 자신과 같은 모습을 하고 있으면서도 그 위치
가 반대이고 소리가 들리지 않는 또 다른 '나'의 존재를 깨닫게

해주는 역할을 한다. '거울' 속에 비친 '나'의 존재는 근대적 주체가 항상 믿어왔던 이성, 의식 내면에 존재하고 있던 무의식, 내면적 자아를 의미한다.

무의식의 발견, 전 세계적인 전쟁으로 인한 인간성의 파괴에 직면하기 이전까지 근대 사회는 인간의 이성과 의식에 무한한 가치를 부여하여 왔다. 사람들은 인간이 의식적으로 눈을 뜨고 이성적 판단을 할 수 있음으로 인해 지구상의 어떤 존재보다도 우월한 지위를 차지할 수 있다고 믿었다. 그러나 인간 이성으로 인한 폐해들이 심각해지고, 프로이트에 의해 의식 이면에 존재하는 무의식의 영역이 밝혀짐에 따라 인간의 이성·의식적 동일성에 대한 믿음도 흔들리기 시작했다.

거울은 이와 같은 인간 내면에 존재하고 있던 무의식의 영역을 드러내는 중요한 예술적 장치로 활용되었다. 이전까지 인간은 거울 속에 비친 자신의 외모에서 동일성을 느낄 뿐이었지만, 무의식의 발견과 여러 사회적 혼란 이후 거울은 자신과 같으면서도 또한 이성적으로 다다를 수 없는 전혀 다른 무의식적 존재를 인식할 수 있는 매개체로 곧잘 활용되곤 하였다. 이상의 「거울」도 이와 같은 거울의 이중적 요소, 곧 자신의 겉모습을 있는 그대로 반사해 비쳐주면서도, 자신과는 다른 세계 속에 존재하는 또 다른 '나'를 보여주는 이중성을 반영하고 있는 것이다.

" 이 상 화 "

빼앗긴 들에도 봄은 오는가

지금은 남의 땅— 빼앗긴 들에도 봄은 오는가?

나는 온몸에 햇살을 받고
푸른 하늘 푸른 들이 맞붙은 곳으로
가르마 같은 논길을 따라 꿈속을 가듯 걸어만 간다.

입술을 다문 하늘아 들아
내 맘에는 나 혼자 온 것 같지를 않구나
네가 끄을었느냐 누가 부르더냐 답답워라 말을 해 다오.

바람은 내 귀에 속삭이며
한 자욱도 섰지 마라 옷자락을 흔들고
종다리는 울타리 너머 아가씨같이 구름 뒤에서 반갑다 웃네.

고맙게 잘 자란 보리밭아
간밤 자정이 넘어 내리던 고운 비로
너는 삼단 같은 머리를 감았구나 내 머리조차 가뿐하다.

혼자라도 갑부게나 가자
마른 논을 안고 도는 착한 도랑이

젖먹이 달래는 노래를 하고 제 혼자 어깨춤만 추고 가네.

나비 제비야 깝치지 마라.
맨드라미 들마꽃에도 인사를 해야지
아주까리 기름을 바른 이가 지심 매던 그 들이라 다 보고 싶다.

내 손에 호미를 쥐어 다오.
살진 젖가슴과 같은 부드러운 이 흙을
발목이 시도록 밟아도 보고 좋은 땀조차 흘리고 싶다.

강가에 나온 아이와 같이
짬도 모르고 끝도 없이 닫는 내 혼아
무엇을 찾느냐 어디로 가느냐 우스웁다 답을 하려무나.

나는 온몸에 풋내를 띠고
푸른 웃음 푸른 설움이 어우러진 사이로
다리를 절며 하루를 걷는다 아마도 봄 신령이 지폈나 보다.

그러나 지금은— 들을 빼앗겨 봄조차 빼앗기겠네.

시인 이상화(李相和, 1901~1943). 우리의 시문학사에서, 아니 우리나라의 역사에서 이상화란 이름이 없었다면 얼마나 썰렁했을까. 아니다. 구체적으로 말하자. 시「빼앗긴 들에도 봄은 오는가」, 바로 이 작품 한 편이 없었다면 민족의 마음 밭은 또 얼마나 적막하기만 했을까. 실로 3·1독립운동의 함성과도 맞먹을 만한 정신의 에너지다. 그것을 이 시는 굳이 감추려 하지도 않는다.

기미독립선언서 33인 가운데 1인이요, 공약삼장을 추가로 초했을 정도로 뜨거운 가슴의 장본인인 한용운조차 여성의 목소리를 빌어 그 느껴움을 노래하던 시절이다. 그러나 오직 이 사나이 하나만은 처음부터 우렁찬 목통의 남정네다. 우렁우렁 들녘 하나를 울리고 산맥 하나를 넘고 아, 바다 하나를 다 채우고서도 남을만한 당당함과 배짱과 외침이다.

자잘하게 무슨 말을 더 하랴. 이미 시가 그것을 다 말해주고 있는 마당이다. 아무리 사적인 감정으로 읽으려 해도 '빼앗긴 들'과 '봄'은 수상쩍다. 말할 것도 없이 '빼앗긴 들'은 우리의 조국강토요, 시인의 지적대로 '지금은 남의 땅'이 된 우리의 빼앗긴 땅이다. '봄'은 말할 것도 없이 그 땅에 찾아올 화창한 복음이요, 소생의 날들이다.

하지만 시인은 이러한 땅, 빼앗긴 땅일망정 그 땅이 본래는 우리의 땅이었기에 신명이 나고 흥분을 하고 무언가 보람찬 일을 하고 싶어 한다. 하지만, 하지만 말이다. 시인은 끝내 어깨 축 늘어진 나그네 되어 돌아오고야 만다. 식민지 백성으로서의 자각이 생겨서 그런 것이다.

혹자는 나라 잃은 판에 이런 시가 무슨 소용이 있겠느냐 말할 수 있겠다. 그러나 그것은 아니다. 자신이 식민지 백성임을 충분히 깨쳐서 알게 되면 무언가 달라진다. 생각이 달라지고 행동과 삶이 달라진다. 그리하여 진정 새로운 일을 도모할 수 있는 힘이 생기고 계기가 열리게 되어 있다. 그래서 시가 소중한 것이다.

장강처럼 길고 폭포처럼 힘이 있는 시. 시작의 문장과 마치는 문장을 보라. 얼마나 절묘한 양괄법인가. "지금은 남의 땅— 빼앗긴 들에도 봄은 오는가?" 첫 문장, 시인의 질문이다. 거기에 대한 대응은 "그러나 지금은— 들을 빼앗겨 봄조차 빼앗기겠네." 해답이다. 그 질문과 해답 사이에 고통에 찬 환희와 미친 통곡의 바다가 일렁이고 있다.

시 가운데 낯선 낱말 하나, 들마꽃. '들마꽃'은 '들마을의 꽃'이라는 뜻이다. 경북지방에서는 '들마'를 '들마을'이라고 부르기도 한다고 한다.

나의 침실로

— 가장 아름답고 오랜 것은 오직 꿈속에만 있어라

'마돈나' 지금은 밤도 모든 목거지에 다니노라. 피곤하여 돌아가
련도다.

아, 너도 먼동이 트기 전으로 수밀도의 네 가슴에 이슬이 맺도
록 달려오너라.

'마돈나' 오려무나, 네 집에서 눈으로 遺傳하던 진주는 다 두고
몸만 오너라.

빨리 가자, 우리는 밝음이 오면 어딘지 모르게 숨는 두 별이어라.

'마돈나' 구석지고도 어둔 마음의 거리에서 나는 두려워 떨며 기
다리노라.

아, 어느덧 첫닭이 울고— 뭇 개가 짖도다. 나의 아씨여, 너도
듣느냐.

'마돈나' 지난밤이 새도록 내 손수 닦아 둔 침실로 가자, 침실로—
낡은 달은 빠지려는데, 내 귀가 듣는 발자욱— 오, 너의 것이냐?

'마돈나' 짧은 심지를 더우잡고 눈물도 없이 하소연하는 내 맘의
燭불을 봐라.

양털 같은 바람결에도 질식이 되어 얄푸른 연기로 꺼지려는도다.

'마돈나' 오너라, 가자, 앞산 그리메가 도깨비처럼 발도 없이 이
곳 가까이 오도다.
아, 행여나 누가 볼는지― 가슴이 뛰누나, 나의 아씨여, 너를 부
른다.

'마돈나' 날이 새련다, 빨리 오려무나, 사원의 쇠북이 우리를 비
웃기 전에.
네 손이 내 목을 안아라. 우리도 이 밤과 함께 오랜 나라로 가
고 말자.

'마돈나', 뉘우침과 두려움과 외나무다리 건너 있는 내 침실 열
이도 없으니.
아, 바람이 불도다. 그와 같이 가볍게 오려무나. 나의 아씨여, 네
가 오느냐?

'마돈나' 가엾어라, 나는 미치고 말았는가. 없는 소리를 내 귀가
들음은―,
내 몸에 피란 피― 가슴의 샘이 말라버린 듯 마음과 목이 타려

는도다.

　'마돈나' 언젠들 안 갈 수 있으랴. 갈 테면 우리가 가자, 끄을려
가지 말고!
　너는 내 말을 믿는 '마리아'— 내 침실이 부활의 동굴임을 네야
알련만……

　'마돈나' 밤이 주는 꿈, 우리가 엮는 꿈, 사람이 안고 뒹구는 목숨
의 꿈이 다르지 않으니.
　아! 어린애 가슴처럼 세월 모르는 나의 침실로 가자, 아름답고
오랜 거기로.

　'마돈나' 별들의 웃음도 흐려지려 하고 어둔 밤물결도 잦아지려
는도다.
　아, 안개가 사라지기 전으로 네가 와야지. 나의 아씨여, 너를 부
른다.

이 작품 역시 예사로운 시가 아니다. 이상화란 시인은 이 작품 한 편만으로도 충분히 잊혀질 수 없는 시인이 되었다. 심각한 연애시다. 시의 주인공은 '마돈나'. 마돈나Madonna는 이탈리아어로 '나의 부인'이라는 뜻. 'mia donna'의 준말. 이탈리아인의 귀부인에 대한 존칭이었다고 한다.

마돈나에게로 가는 끝없는 명령어 문장을 보라. 밤에서 밤으로 통하는 밀애는 비밀스럽고 귀기조차 어려 있다. 끝없는 호소와 회유가 있고 거기에 맞서는 주저와 출렁임이 있다. 시를 일러 청춘의 문장이라고 그럴 때 이러한 문장을 제외하고서는 더 이상의 청춘의 문장은 있을 수 없다 하겠다.

" 이 용 악 "

북쪽

북쪽은 고향
그 북쪽은 여인이 팔려간 나라
머언 산맥에 바람이 얼어붙을 때
다시 풀릴 때
시름 많은 북쪽 하늘에
마음은 눈 감을 줄 모른다

이용악(李庸岳, 1914~미상) 시인의 시를 이야기하기 위해서는 소위 북관이라 불리던 함경도 지방에 대해서 이야기하고 넘어가야 할 것 같다. 북관이란 함경북도 지방을 이르는 말로 조선시대 함경도를 군사상 중요한 지역으로 지정하여 특별히 관리해왔다. 때로는 중앙으로부터 차별대우를 받았던 지역이다. 뿐더러 이 지역은 국경지대로 사회 환경이 어수선하고 자연 또한 척박한 고장이다. 그러므로 국경을 넘나들며 밀수나 소금장수로 연명하는 사람들이 많았다.

　바로 그 함경북도의 경성이 시인 이용악이 태어나고 자란 고장이다. 이용악의 부친은 소달구지에 소금을 싣고 러시아 영토를 드나드는 장사꾼이었는데 젊은 나이에 객사를 하고 홀로 남은 어머니가 국수장수, 떡장수, 계란장수를 하며 자식들을 키웠다고 한다. 그런데 어머니가 교육열이 강해 자식들을 고급학교에까지 진학시켰으며 이용악 또한 일본으로 유학 가 상지上智대학교에 다닐 수 있었다고 한다.

　그런데 이용악은 거기서도 노동판을 전전하며 품팔이로 돈을 벌어 학비를 조달해야만 했다고 한다. 뼈저린 가난의 체험이다. 그렇게 되면 자연스럽게 현실인식이 생기고 모순된 현실을 극복할 수 있는 방안을 강구하도록 되어 있다. 여기서 싹이 트고 자란 것이 이용악의 현실주의 문학이다. 더구나 그 시절은 일본 식민지 치하로서 민족적인 비극성이 극대화 되었던 시절이다.

이러한 가정적, 사회적 환경 속에서 이용악의 문학이 이야 기되어야 했다. 그런데 우리가 이미 알다시피 시인은 6·25 전쟁 때 북한으로 월북한 시인이다. 북한에 가서 상당기간 활동도 한 시인이다. 그러니 냉전시대 남한에서 그의 작품이 읽혔을 리가 없다. 불행하게도 나는 시인이 되어서 한참 동안 까지 이용악의 시작품을 한 편도 읽어본 일이 없다. 부끄러운 일이지만 어쩔 수 없는 일이다.

이용악의 시는 가냘픈 아낙네의 어조가 아니고 우렁찬 남 성의 어조다. 소재 또한 구체적이고 현장성이 강하다. 하지 만 시선만은 냉정하리만치 적확하고 객관적이다. 그러면서도 시가 가져야 할 기본적인 서정성을 잃지 않는다. 무엇보다도 그의 시에서 특이한 점은 시의 밑바탕에 서사성이 깔렸다는 점이다. 그래서 그의 시는 '이야기 시'로 읽힌다. 작은 형태의 서사시다. 어떤 시를 읽든지 그 시 아래에 이야기가 숨어 있 다. 이러한 특징은 백석의 시와도 통하는 점이다.

툭툭 던져놓는 말투. 문장의 분위기와 질서가 다르다. 무 심한 듯 억세다. 그야말로 북관어투다. 개인서정 위에 사회 적 관심을 얹었다. 북쪽이 고향인 줄은 알겠는데 "여인이 팔려간 나라"란 무엇인가? 중국의 고사(왕소군 애사)를 전해주고 싶은 것일까. 어쨌든 심상찮고 불안하고 어둡다. 그런데도 "머언 산맥에 바람이 얼어붙을 때/ 다시 풀릴 때" "시름 많은 북쪽 하늘에/ 눈 감을 줄 모"르는 "마음"의 정체는 또 뭔가.

　고통 받으며 살아가는 식민지 백성의 삶과 자신의 불우한 처지를 대변하고 싶어서 쓴 작품일 것이다. 짧지만 간결한 언어구조 속에 강력한 감동을 끌어안고 있다. 이 시는 고향상실감과 현실인식을 누구보다 잘 성공시켰다는 평을 듣는 작품. 장중한 레퀴엠 한 곡을 들은 듯 가슴은 멀고도 아득하다. 비극적인 이 시 한 편이 새삼 오늘의 우리를 울린다.

그리움

눈이 오는가 북쪽엔
함박눈 쏟아져 내리는가

험한 벼랑을 굽이굽이 돌아간
백무선 철길 위에
느릿느릿 밤새어 달리는
화물차의 검은 지붕에

연달린 산과 산 사이
너를 남기고 온
작은 마을에도 복된 눈 내리는가

잉크 병 얼어드는 이러한 밤에
어쩌자고 잠을 깨어
그리운 곳 차마 그리운 곳

눈이 오는가 북쪽엔
함박눈 쏟아져 내리는가

방안에 둔 '잉크병'조차 얼어붙는 추운 겨울밤에 잠에서 깨어난 시인이 두고 온 북쪽의 고향을 그리워하는 모습이 고스란히 들어있다. 나고 자란 곳, 고향. 고향은 멀리서만 그리워지는 곳. 떠나와서 돌아가고 싶은 곳. 이것도 얄궂은 인간의 일이다.

"험한 벼랑을 굽이굽이 돌아간/ 백무선 철길 위에/ 느릿느릿 밤새어 달리는/ 화물차의 검은 지붕"은 분명 나에겐 낯선 풍경이지만 시인의 그리움에 힘입어 보랏빛으로 물들고 그리운 고장으로 바뀐다.

이 시를 읽으면서 정다운 마음이 더욱 드는 것은 아무래도 시인의 관심영역이 나에게만 있지 않고 '너'의 문제까지 감싸고 있다는 데에도 하나의 원인이 있겠지 싶다. "연달린 산과 산 사이/ 너를 남기고 온/ 작은 마을에도 복된 눈 내리는가", 이 대목 말이다.

"눈이 오는가 북쪽엔/ 함박눈 쏟아져 내리는가/ 너를 남기고 온 작은 마을에도". 이것은 2014년 12월, 광화문글판 겨울편에 오른 시인의 시 구절이다.

'백무선白茂線'철도는 함경북도 무산군 무산과 함경북도 백암 사이에 1932년 착공하여 1944년 완공된 철도로 191.7㎞의 길이이며 두만강 유역 원시림의 목재운반을 목적으로 건설되었으며 무산의 철광석 수송도 담당했던 철도다.

오랑캐꽃

— 긴 세월을 오랑캐와의 싸움에 살았다는 우리의 머언 조상
들이 너를 불러 '오랑캐꽃'이라 했으니 어찌 보면 너의 뒷
모양이 머리태를 드리인 오랑캐의 뒷머리와도 같은 까닭
이라 전한다

아낙도 우두머리도 돌볼 새 없이 갔단다
도래샘도 띳집도 버리고 강 건너로 쫓겨 갔단다
고려 장군님 무지무지 쳐들어와
오랑캐는 가랑잎처럼 굴러갔단다

구름이 모여 골짝 골짝을 구름이 흘러
백 년이 몇 백 년이 뒤를 이어 흘러갔나

너는 오랑캐의 피 한 방울 받지 않았건만
오랑캐꽃
너는 돌가마로 털미투리도 모르는 오랑캐꽃
두 팔로 햇빛을 막아 줄게
울어 보렴 목 놓아 울어나 보렴 오랑캐꽃

문단에 데뷔하고 나서 세상 출입을 하기 시작하던 시절, 심사위원인 박목월 선생의 권유와 소개로 박용래 시인을 자주 만났다. 시인은 대전의 변두리 오류동에서 살고 있었다. 만나면 시인은 술부터 찾았고 술이 취하면 철없는 아이처럼 울기도 해서 어린 시인을 당황하게 만들었다.

눈물의 시인 박용래. 마신 술의 양보다 눈물의 양이 더 많았다고 기억되는 분이다. 시인은 자주 옛날 시인들의 시에 대해서 말했다. 정지용 시인이 가장 많이 입에 오르내린 시인이었다. 당신이 알고 있는 시를 줄줄 외우면서 울먹이기도 했다.

그날도 술이 취하고 흥이 올랐던가. 시인은 한 편의 시를 외웠다. 전혀 알 수 없는 시, 한 번도 들어본 일도 없는 시 구절들이었다. "너는 오랑캐의 피 한 방울 받지 않았건만/ 오랑캐꽃/ 너는 돌가마로 털미투리도 모르는 오랑캐꽃/ 두 팔로 햇빛을 막아 줄게/ 울어 보렴 목 놓아 울어나 보렴 오랑캐꽃".

시인은 정말로 팔을 벌리고 우뚝 선 채로 울먹이고 있었다. 시인의 얼굴에는 '너희들이 이런 시인의 시를 알기나 하느냐?'고 꾸짖는 표정이 들어 있었다. 그것은 일종의 퍼포먼스 같은 것. 시인이 자리에 앉았을 때 용기를 내어 누구의 시냐고 물었다. 답을 말해주지 않고 시인은 화를 내면서 말했다. "너희 같은 것들이 무슨 시인이냐?"

그렇게 해서 알게 된 시인이 이용악이고 또 이용악의 시「오랑캐꽃」이다. 이 시는 동시대 시인 서정주의 시「귀촉도」와 비견되는 작품으로 민속적인 소재와 비통한 어조가 닮았다. 그리고 시의 본문과 제목 외에 가미된 해제가 서로 닮았다. 하지만 이용악의 것이 '머리 해제'이고 서정주의 것이 '꼬리해제'란 점이 다르다. 서정주와 이용악의 두 작품은 어느 것이 먼저 쓰여졌는지 알 수는 없으되 상호간 라이벌 의식을 갖고 썼다는 것만은 미루어 짐작이 가는 일이다. 한 시절 이용악은 서정주, 오장환과 더불어 시단의 삼재三才로 일컬어지기도 했다.

타인의 시에 대해서는 칭찬에 인색했던 서정주도 이 시에 대해서만은 극찬에 가까운 칭찬을 했다고 한다. "그는 가난 속에서 괄시 받으면서, 망국민의 절망과 비애를 잘도 표현했다." 이용악의 다른 작품도 그렇지만 이 시에도 이야기가 들어 있다. '머리해제'는 오랑캐꽃의 명칭에 대한 역사적 유래담이고 1연은 '고려 장군님'이 쳐들어와 경황없이 '가랑잎처럼' 쫓겨 가는 오랑캐 무리의 역사적 사실을 표현했고 2연의 세월의 경과를 거쳐 3연은 이 시의 핵심부분이다.

약한 존재에 대한 관심과 안쓰러움, 연민이 바로 사랑이다. 부드러운 청유형의 문장으로 쓰다듬고 보듬고 달래는 어투는 지극히 간절하고 고즈넉해서 금방 울음이라도 터져나오려고 한다. "두 팔로 햇빛을 막아 줄게/ 울어 보렴 목 놓아 울어나 보렴 오랑캐꽃". 이쯤 되면 오랑캐꽃은 오랑캐꽃이 아니고 인간이다. 인간 가운데서도 가장 가깝고 사랑하는 그 누구다. 이 청유형의 문장과 의인법이 어울려 만들어 내는 감동이여. 이런 때의 오랑캐꽃은 또 그냥 오랑캐꽃이 아니고 '일제 식민지 통치 아래 신음하는 그 시기 조선민족의 등과 물'이기도 하다.

* 도래샘 : 빙 돌아서 흐르는 샘물.
* 띳집 : 띠로 지붕을 이어 지은 집.
* 돌가마 : 임시로 몇 개의 돌을 고여서 만든 가마(솥).
* 미투리 : 짐승의 털을 꼬아서 만든 짚진 모양의 신.

영

너는 나를 믿고
나도 너를 믿으나
영은 높다 구름보다도 영은 높다

바람은 병든 암사슴의 숨결인 양 풀이 죽고
태양이 보이느냐
이제 숲속은 치떨리는 신화를 부르려니
온몸에 쏟아지는 찬 땀
마음은 공허와의 지경을 맴돈다

너의 입술이 파르르으 떨고
어어둑한 바위틈을 물러설 때마다
너의 눈동자는 사로잡힌다
짐승보담 무서운 그 무서운 무서운
도끼를 멘 초부의 환영에

일연감색으로 물든 西天을 보도 못하고
날은 저물고 어둠이 치밀어든다
여인아
너의 노래를 불러다오

>

찌르레기 소리 너의 전부를 점령하기 전에
그렇게 명랑하던 너의 노래를 불러다오

나는 너를 믿고
너도 나를 믿으나
영은 높다 구름보다도 영은 높다

'영'이란 고개를 가리키는 말이다. 고개 가운데서도 '높은 고개'가 영이다. 오늘날처럼 길이 잘 뚫리고 탈것이 편리한 시절이 아니므로 영은 더더욱 아득한 존재이고 막막한 대상이었을 것이다. 영 앞에서 망설이면서 여러 가지 상상을 한다.

차라리 시 속에 나오는 영은 절망의 대명사다. 극복하고 싶어도 극복이 잘 안 되는 그 어떤 존재다. 도움이 필요하다. 동행이 필요하다. '여인'으로 불리는 사람. 그에게 시인은 '노래'를 청하고 있다.

역시 희망보다는 절망이 많이 읽힌다. 선이 굵고 스케일이 큰 작품이다. 비통하기까지 한 어두운 색조다. 음색으로 친다면 첼로의 굵고도 낮은 것이라 그럴까.

시의 본문에 나오는 '일연감색'이란 말. 감색은 두 가지 뜻이다. 하나는 한자로 감색(紺色. 짙은 남색)이고 다시 하나는 잘 익은 감의 빛깔과 같은 진한 주황색으로서의 감색이다. 이 시 속에서는 후자인 감이 익은 빛깔의 주황색이지 싶다.

이 작품 또한 시인이 인식한 당시의 현실인식이 짙게 배인 작품이라 하겠다. 사람이 살아가는데 하루 한신들 편하고 좋기만 한 때가 있었으랴.

> 차라리 시 속에 나오는 영은 절망의 대명사다.
> 극복하고 싶어도 극복이 잘 안 되는 그 어떤 존재다.

전라도 가시내

알룩조개에 입맞추며 자랐나
눈이 바다처럼 푸를 뿐더러 까무스레한 네 얼굴
가시내야
나는 발을 얼구며
무쇠다리를 건너온 함경도 사내

바람소리도 호개도 인전 무섭지 않다만
어두운 등불 밑 안개처럼 자욱한 시름을 달게 마시련다만
어디서 흉참한 기별이 뛰어들 것만 같애
두터운 벽도 이웃도 못 미더운 북간도 술막

온갖 방자의 말을 품고 왔다
눈포래를 뚫고 왔다
가시내야
너의 가슴 그늘진 숲속을 기어간 오솔길을 나는 헤매이자
술을 부어 남실남실 술을 따르어
가난한 이야기에 고이 잠궈다오

네 두만강을 건너왔다는 석 달 전이면
단풍이 물들어 천리 천리 또 천리 산마다 불탔을 겐데

그래두 외로워서 슬퍼서 초마폭으로 얼굴을 가렸더냐
두 낮 두 밤을 두루미처럼 울어 울어
불술기 구름 속을 달리는 양 유리창이 흐리더냐

차알삭 부서지는 파도소리에 취한 듯
때로 싸늘한 웃음이 소리 없이 새기는 보조개
가시내야
울듯 울듯 울지 않는 전라도 가시내야
두어 마디 너의 사투리로 때아닌 봄을 불러줄께
손때 수집은 분홍 댕기 휘휘 날리며
잠깐 너의 나라로 돌아가거라

이윽고 얼음길이 밝으면
나는 눈포래 휘감아치는 벌판에 우줄우줄 나설 게다
노래도 없이 사라질 게다
자욱도 없이 사라질 게다

모처럼 낭만적이고 부드러운 제목의 시다. 그러나 내용은 대뜸 그렇지 않다. 시의 배경부터가 크고 넓고 거칠고 심각하다. 만주의 연변, 용정이거나 그런 곳 어디쯤의 허름한 술집이다. 거기서 두 사람이 만나서 이루는 사연이다.

이 시도 이야기시다. 작은 서사시. 바탕에 주인공이 있고 현실의 사건들이 들숙날숙 깔려 있다. 우선은 "눈이 바다처럼 푸를 뿐더러 까무스레한 네 얼굴"의 가시내를 부르며 시가 시작된다. 거기에 대칭되는 사람은 나. "발을 얼구며/ 무쇠다리를 건너온 함경도 사내".

이제는 "바람소리도 호개", 만주들판의 사나운 개도 무섭지 않고 "어두운 등불 밑 안개처럼 자욱한 시름을 달게 마시련다만" 그래도 "어디서 흉참한 기별이 뛰어들 것만 같애/ 두터운 벽도 이웃도 못 미더운 북간도 술막"에 두 사람이 들어 있다.

"온갖 방자의 말을 품고" "눈포래(눈보라)를 뚫고 왔"노라 가시내에게 자신의 이력을 밝힌다. 그러면서 "너의 가슴 그늘진 숲속을 기어간 오솔길을 나는 헤매이자"면서 어필한다. 매우 육감적이고 거칠지만 진솔한 사랑의 고백이다. 내처 "술을 부어 남실남실 술을 따르어/ 가난한 이야기에 고이 잠궈다오"라고 청한다.

이쯤 되면 두 사람은 그저 그런 사이가 아니다. 육친이거나 새롭게 만난 가족과 같은 사이다. 그 다음은 그 '가시내'의 사연에 귀 기울이는 순서다. 여인네 또한 지난한 인생의 강물을 건너온 사람이다. 식민지 시대 뿌리 뽑힌 유민의 삶과 현실을 극명하면서도 적극적으로 표출하고 있다.

이러한 고발, 그런데 그것이 화가 나는 게 아니라 아릿하게 가슴이 아프면서 아름답게만 느껴지는 건 무슨 연유일까. 아마도 시의 언어가 갖는 매력 때문이 아닌가 싶다. 아, 시의 끝부분이 너무나도 눈부시다. 장관이다. "울듯 울듯 울지 않는 전라도 가시내야/ 두어 마디 너의 사투리로 때아닌 봄을 불러줄게/ 손때 수집은 분홍 댕기 휘휘 날리며/ 잠깐 너의 나라로 돌아가거라".

이 시가 진정 아름답고 오늘토록 감동적인 것은 현실의 아픈 사연을 고발하고 통탄하면서도 맑고 고운 서정성을 끝내 놓지 않은 데에 있지 않겠나 싶다. 이러한 시적 전통과 자산을 이미 갖고 있음에도 불구하고 이러한 것들을 배우지 못하고 거칠고도 소모적인 시만을 써내려간 후세대 시인들인 우리의 맹목과 어리석음이 통탄스럽다. 심히 배우고 고치고 반성해야 할 일이다.

달 있는 제사

달빛 밟고 머나먼 길 오시리
두 손 합쳐 세 번 절하면 돌아오시리
어머닌 우시어
밤내 우시어
하아얀 박꽃 속에 이슬이 두어 방울

내가 자주 하는 말 가운데 중국 송나라 때 시인 소통파의 말이 있다. '시중유화詩中有畫'요 '화중유시畫中有詩'라. '시 속에 그림이 있고 그림 속에 시가 있다'는 말. 좀 더 발전시키면 '시를 읽고 그림이 떠오르지 않으면 시가 아니요, 그림을 보면서 시가 떠오르지 않으면 그림이 아니다'란 말이다.

　시에서의 그림은 이미지다. 이미지는 또 '심상'. 마음속 그림이란 말이다. 이용악의 시 「달 있는 제사」를 읽고 나서 대번에 떠오른 생각이다. 짧은 형식 가운데 많은 이야기를 담았다. 마치 한 편의 한시와 같다. 간결하지만 간절하다. 역시 이 시에도 시인 특유의 서사가 깔려 있다.

　앞의 글 어디에선가 시인의 아버지가 국경을 넘나들며 소금장수를 하다가 일찍 돌아갔다는 말을 했다. 그런 뒤로 어머니는 고달픈 노역을 견디면서 자식들을 잘 길러낸 장한 어머니란 말을 적었다. 바로 그 아버지의 제삿날이다. 음력으로 달이 밝은 날짜였던가 보다.

　어머니와 자식들이 제사상을 차려놓고 아버지의 영혼을 기다린다. 달 밝은 밤이니 "달빛 밟고 머나먼 길 오시리"라는 비원이 있었을 것이다. "두 손 합쳐 세 번 절하면 돌아오시리", 머리 조아려 빌기도 했을 것이다. 이 슬픈 가족의 모습이 눈에 밟히는 듯 선하다. 그야말로 시중유화다.

남편 생각에, 세상살이 슬픔에 서럽게 우시는 '어머니'. 당연한 일이다. 그런데 그 어머니가 '밤내' 밤을 새워 우신다. 이 또한 눈에 보이는 듯싶다. 이러한 어머니의 초상이 마지막 줄에 가서 꽃이 되었다. "하아얀 박꽃 속에 이슬이 두어 방울". 인간의 일을 자연에 비겼다. 눈부신 은빛 은유다.

이 시는 평가로부터 "일찍 아버지를 여읜 아들의 시선 속에 잡힌 휘휘하면서도 애절한 정경이 극히 단순명료하게 형상화된 시"라는 평을 받았다. '휘휘하다'는 말의 뜻은 '무서운 느낌이 들 정도로 고요하고 쓸쓸하다'이다. 오늘에 와서 새삼 시인의 시 전편이 그렇고 시인의 생애 또한 그러하다.

66

"하아얀 박꽃 속에 이슬이 두어 방울".
인간의 일을 자연에 비겼다.
눈부신 은빛 은유다.

99

꽃가루 속에

배추꽃 이랑을 노오란 배추꽃 이랑을
숨 가쁘게 마구 웃으며 달리는 것은
어디서 네가 나즉히 부르기 때문에
배추꽃 속에 살며시 흩어놓은 꽃가루 속에
나두야 숨어서 너를 부르고 싶기 때문에

소품. 투명하고 조그맣다. 형태도 조그맣고 내용도 조그맣다. 욕심 없는 두 사람의 욕심 없는 마음이 들었다. 한가한 두 마음이 마주보고 있다. 차라리 노닐고 있다. 고달프고 힘겨운 인생일지라도 한 시절은 이렇게 느슨할 필요가 있고 따스하고 평화로울 필요가 있겠다.

30대 시인으로서의 전성기, 어여쁜 사랑이 거기 있었던가 보다. 시는 이렇게 한 시절의 아름다운 순간을 고정시켜 오래 동안 살아있게 하고 숨 쉬게 한다. 그래서 시는 시인보다 오래 사는 목숨이다. 끝내 시인에게는 시가 고마운 존재이며 더할 수 없이 소중한 자식이다.

두메산골 · 1

들창을 열면 물구지떡 내음새 내달았다
쌍바라지 열어제치면
썩달나무 썩는 냄새 유달리 향그러웠다

뒷산에두 봊나무
앞산두 군데군데 봊나무

주인장은 매사냥을 다니다가
바위틈에서 죽었다는 주막집에서
오래오래 옛말처럼 살고 싶었다

길지 않은 시, 풍경을 담은 시, 서경시다. 모처럼 자연과 고향에 돌아와 자신을 돌아보면서 생기는 감흥을 한 폭의 그림으로 담았다. 아무리 풍운의 삶을 사는 사람이라 해도 때로는 이렇게 자연의 품으로 돌아가 살고 싶은 때가 있는 법이다.

귀향, 귀농, 귀촌, 귀거래. 어딘가로 돌아간다는 뜻을 지닌 말들이다. 왜 사람은 때로 이렇게 돌아가고 싶은 마음을 가질까? 현실의 삶이 지치고 힘들기 때문일 것이다. 쉬고 싶기 때문이고 살아온 인생의 내력이 복잡했기 때문일 것이다.

이 시인의 심정도 마찬가지다. 그가 돌아간 곳은 두메산골의 주막집. 그 집에 며칠 숙박을 들었던가 보다. 그 집의 "주인장은 매사냥을 다니다가/ 바위틈에서 죽었다는" 사람. 들창을 열고 밖을 내다본다. 그때 "물구지떡 냄새"가 얼굴로 달겨든다.

'물구지떡'이란 증편을 가리키는 말이고 증편이란 '솥에 찐 떡'이란 말이다. (증편: 여름에 먹는 떡의 하나. 멥쌀가루를 막걸리를 조금 탄 뜨거운 물로 묽게 반죽하여 더운 방에서 부풀려 밤, 대추, 잣 따위의 고명을 얹고 틀에 넣어 찐다.) 사람은 어려서 먹던 음식의 맛을 오래 기억하는 경향이 있다. 나이 들어서도 그 음식을 찾는다. 향수음식이다.

'썩달나무'란 '썩은 나무'란 뜻이다. 썩은 나무의 냄새가 유달리

향기로웠다니? 그는 분명 그런 시골 출신의 사람이리라. 갯비린내가 뭉클 좋은 사람은 바닷가 마을이 그의 고향이어서 그런 것이다. 코가 알고 눈이 알아보고 또 귀가 알아듣는 세상이다.

"뒷산에두 봋나무/ 앞산두 군데군데 봋나무" '봋나무'는 또 백화나무, 자작나무의 다른 이름. 그 산골마을에 자작나무가 많다는 것을 그렇게 중첩적으로 표현했다. "저 산에도 까마귀, 들에 까마귀" 김소월의 시 「가는 길」을 많이 닮았다.

"오래오래 옛말처럼 살고 싶었다". 이런 표현이 참 좋다. 그런데 '옛말처럼' 사는 생이란 어떻게 사는 것일까? 아마도 '옛이야기에 나오는 사람들처럼 그렇게 살고 싶었다' 그런 뜻이리라. 한 편의 시, 한 두 개의 시어를 제대로 깨치기가 쉽지 않다.

시에 쓰여지는 말에는 그 고장에서 오래동안 살아온 사람의 삶과 영혼이 들어 있을 뿐더러 시인의 소망과 생각과 의도까지가 숨어 있는 까닭이리라.

> "오래오래 옛말처럼 살고 싶었다".
> 이런 표현이 참 좋다.

강 가

아들이 나오는 올겨울엔 걸어서라두
청진으로 가리란다
높은 벽돌담 밑에 섰다가
세 해나 못 본 아들을 찾아오리란다

그 늙은인
암소 따라 조이밭 저쪽에 사라지고
어느 길손이 밥 지은 자천지
끄슬은 돌 두어 개 시름겨웁다

어김없이 이 시에도 이야기가 들어 있다. 2연인데 첫 연에는 타인의 이야기다. '높은 벽돌담 밑'이라고 쓴 것을 보아 형무소나 교도소 그런 집 아래 강가인가 보다. 시대가 일제 침략기라면 무슨 소작쟁의나 그런 분규로 해서 아들이 붙잡혀 옥살이를 하는데 그 아들의 어버이 되는 사람의 모습인 듯싶다. "아들이 나오는 올겨울엔 걸어서라두/ 청진으로 가리란다." 투박한 결의가 가슴을 친다.

아들은 청진의 "높은 담벼락"안에 갇혀 있는 사람이다. 그의 어버이는 "높은 담벼락 밑에 섰다가/ 세 해나" "아들을" "못 본" 사람이다. 담백하고 객관적인 문장 아래 아픔의 시냇물이 흐르고 있다.

그 다음 2연은 후일담. '높은 벽돌담 밑'에서 기다리던 "그 늙은인/ 암소 따라 조이밭 저쪽에 사라지고" "어느 길손이 밥 지은 자췬지/ 끄슬은 돌 두어 개 시름겨웁다"는 기술은 시인의 소감인데 여기에는 또 다른 이들의 자취, 유랑과 고난의 흔적들이 새겨져 있다. 신산스러운 삶의 단면, 뿌리 뽑힌 채 떠도는 유랑민의 실상이겠다.

다리 우에서

바람이 거센 밤이면
몇 번이고 꺼지는 네모난 장명등을
궤짝 밟고 서서 몇 번이고 새로 밝힐 때
누나는
별 많은 밤이 되어 무섭다고 했다

국숫집 찾아가는 다리 우에서
문득 그리워지는
누나도 나도 어려선 국숫집 아이

단오도 설도 아닌 풀벌레 우는 가을철
단 하루
아버지의 제삿날만 일을 쉬고
어른처럼 곡을 했다

매우 극적인 구성이다. 1연은 과거, 2연은 현재, 다시 3연은 과거로 구성되어 있어 시간에 따른 변화를 주었다. 일부러 그런 게 아니라 시인의 마음이 그런 것이다. 정서상태가 그런 것이다. 현재는 "다리 우에" 선 사람이다. 구체적으로 말하면 "국수집 찾아가는 사람"이다. 왜 국수집 찾아가겠는가? 국수 먹으러 가는 길일 것이다.

그러다가 그는 옛날의 일, 유년의 추억을 되살린다. "아버지 제삿날"의 일이다. 아니면 아직 일터에서 돌아오지 않는 어머니를 기다리던 밤이었을까. "바람이 거센 밤이면/ 몇 번이고 꺼지는 네모난 장명등을/ 궤짝 밟고 서서 몇 번이고 새로 밝힐 때/ 누나는/ 별 많은 밤이 되어 무섭다고 했다". "누나"가 있는 사내아인가 보다.

'장명등'이란 두 가지 뜻이 있다. '대문 밖이나 처마 끝에 달아 두고 밤에 불을 켜는 등'과 '무덤 앞이나 절 안에 돌로 만들어 세우는 등'. 이 글에선 앞의 뜻일 것이다. 제삿날 같은 때 밤에 그런 등을 밝혔다. 키가 작은 아이들이므로 "궤짝 밟고 서서 몇 번이고 새로 밝힐 때" "바람이 거"세어 여러 번 불이 꺼졌던 모양이다. "별 많은 밤이 되어 무섭다고" 말했다는 누나의 언설이 많이 이 남매를 안쓰럽게 한다.

3연은 어떤가. "아버지의 제삿날"이다. "단오도 설도 아닌 풀벌레 우는 가을철"이라서 그날만 "단 하루" "일을 쉬고" 이 남매는 "어른처럼 곡을 했"단다. 아이고, 안쓰러운지고! 고달픈 동포여! 민족이여! 누군가의 인생은 이렇게 힘겹게 고비를 넘게 되어 있다. 그것이 지난 일이고 어린 시절의 일이기에 "문득 그리워" 지는 것이리라.

"누나도 나도 어려선 국숫집 아이". 이 대목에서 문득 목이 메인다. 그럼 나는? 마을에서도 꼭대기에 있는 집이라서 '꼬작집'에서 살았다. 38세에 청상과부 된 외할머니 밑에서 자랐다. 어려서 나는 '꼬작집 아이'였을 것이고 '과부네집 외손자'였을 것이다. 남들이 그렇게 수군거렸겠지만 나만 모르고 외할머니만 모르고 살았을 것이다.

> "누나도 나도 어려선 국숫집 아이".
> 이 대목에서 문득 목이 메인다.

다시 항구에 와서

모든 기폭이 잠잠히 내려앉은
이 항구에
그래도 남은 것은 사람이올시다

한마디의 말도 배운 적 없는 듯한 많은 사람 속으로
어질게 생긴 이마며 수수한 입술이며
그저 좋아서
나도 한마디의 말없이 우줄우줄 걸어 나가면
저리 산 밑에서 들려오는 돌 깨는 소리

시바우라 같은 데서 혹은 메구로 같은 데서
함께 일하고 함께 잠자며
퍽도 친하게 지내던 사람들로만 여겨집니다
서로 모르게
어둠을 타 구름처럼 흩어졌다가
똑같이 고향이 그리워서
돌아온 이들이 아니겠습니까

하늘이 너무 푸르러
갈매기는 쪽지에 흰 목을 묻고

어느 옴쑥한 바위틈 같은 데 숨어버렸나 본데
차라리 누구의 아들도 아닌 나는 어찌하여
검붉은 흙이 자꾸만 씹고 싶습니까

8·15 광복을 맞아 고국으로 돌아오는 사람들의 벅찬 감격과 환희를 담은 시다. 스케일이 크다. 숨결은 거칠지만 그만큼 발성이 건강하다. 젊음의 느낌을 확 받는다. 인간에 대한 무한한 신뢰가 있다.

"시바우라"와 "메구로"는 일본의 지명. 도쿄 인근에 있는 지명인데 이런 곳 어디쯤에서 시인은 "함께 일하고 함께 잠자며" 살았던 사람인가보다. "차라리 누구의 아들도 아닌 나는 어찌하여/ 검붉은 흙이 자꾸만 씹고 싶습니까". 그리움과 더불어 원초적인 목마름, 갈망을 담았다.

섬약하고 곱기만 한 한국시의 흐름에서 이런 건강하고 억세고 호쾌한 시를 만난다는 것은 매우 반갑고 고마운 일이다. 하나의 발견이다. 늦었지만 시를 다시 읽고 다시 공부해야만 하겠다.

"이육사"

청포도

내 고장 칠월은
청포도가 익어 가는 시절

이 마을 전설이 주절이주절이 열리고
먼 데 하늘이 꿈꾸며 알알이 들어와 박혀

하늘 밑 푸른 바다가 가슴을 열고
흰 돛 단 배가 곱게 밀려서 오면

내가 바라는 손님은 고달픈 몸으로
청포를 입고 찾아온다고 했으니

내 그를 맞아 이 포도를 따 먹으면
두 손은 함뿍 적셔도 좋으련

아이야 우리 식탁엔 은쟁반에
하이얀 모시 수건을 마련해 두렴

이육사(李陸史, 1904~1944). 고아한 시인이다. 그러나 시인이기에 앞서 그는 독립운동가였고 항일투사였다. 그런 뒤에 시인이었다. 우리나라 시문학사 가운데 몇 사람 안 되는 애국시인이며 항일시인이다. 이육사 같은 시인이 없었던들 우리의 시문학사는 얼마나 썰렁하고 초라했을까.

일본제국주의의 무자비한 구둣발이 우리의 정치와 사회를 말살하다 못해 문화와 정신까지 도륙 내려고 할 때 많은 사람들은 입을 다물고 침묵했고 오히려 침략자들에게 동조·협조하고 나서기도 할 때 분연히 일어나 독립운동에 몸을 던진 거룩한 이름이다.

이육사의 애국행위와 독립운동은 집안 내력인 것 같다. 시인의 나이 불과 22세 때 형과 아우와 함께 대구에서 의혈단에 가입 활동하기 시작했다. 그런 뒤 두 차례나 옥고를 치르고 만주로 건너가 봉천의 조선군관학교에서 교육받고 다시 북경대학에서 수학하면서 적극적으로 항일운동에 투신하였다.

시를 쓰기 시작한 것은 서른 살 이후의 일이고 시를 쓴 것은 고작 10년 세월에 지나지 않는다. 다시 한국에서 붙잡혀 북경으로 압송되어 감옥살이하는 가운데 북경에서 옥사를 하고 말았다. 41세의 나이, 억울하고 원통하고 분한 죽음이다. 그것은 1944년, 민족해방 1년 전의 일. 청년시인 윤동주와 더불어 민족의 별과 같은 시인은 그렇게 희생을 당한 것이다.

시인의 작품으로 일반인들에게 가장 널리 알려진 작품은 「청포도」이다. 대표작처럼 되어 있다. 7월을 노래한 시. 해마다 7월만 되면 사람들은 이 시를 읽으며 7월의 상큼함과 푸르름을 맛보고 싶어 한다. 시 안에 들어있는 고풍스런 고향을 떠올리며 그 고향에서의 아름다운 풍습을 그리워한다.

굳이 자수율은 밟지 않았지만 내재율이 있어 시를 따라가다 보면 저절로 입안에 운율감이 열린다. 더불어 모국어의 참 아름다움을 맛보게 한다. "청포도"와 "칠월" 두 단어가 어울려 만들어내는 'ㅊ'의 첫 발음은 얼마나 신선하고 삽상한 것인가!

시란 이런 것이다. 굳이 따지지 않아도 마음에 와 닿는 것이 시이다. 저절로 위로를 받고 평안을 느끼고 기쁨으로까지 이어지는 것이 시이다. 이 시에는 얼마나 아름다운 구절들이 많은가. 한 구절 한 구절 인용할 것도 없다. 모든 구절들이 그렇게 아름다울 수 없이 아름답다.

그런 가운데 저 마지막 부분의 온유하면서도 정답고 그윽한 청유형의 문장은 얼마나 갸륵한 것인가. "내 그를 맞아 이 포도를 따 먹으면/ 두 손은 함뿍 적셔도 좋으련// 아이야 우리 식탁엔 은쟁반에/ 하이얀 모시 수건을 마련해 두렴". 민족의 혼이 여기에 다 담겨 있다고 해도 과언이 아니다.

> 아이야 우리 식탁엔 은쟁반에/
> 하이얀 모시 수건을 마련해 두렴".
> 민족의 혼이 여기에 다 담겨 있다고 해도 과언이 아니다.

광야

까마득한 날에
하늘이 처음 열리고
어데 닭 우는 소리 들렸으랴

모든 산맥들이
바다를 연모해 휘달릴 때도
차마 이곳을 범하든 못하였으리라

끊임없는 광음을
부지런한 계절이 피어선 지고
큰 강물이 비로소 길을 열었다

지금 눈 나리고
매화향기 홀로 아득하니
내 여기 가난한 노래의 씨를 뿌려라

다시 천고의 뒤에
백마 타고 오는 초인이 있어
이 광야에서 목놓아 부르게 하리라

시인의 시적 특성 가운데 하나인 단아한 형식미가 유감없이 드러난 대표작 가운데 한 편이다. 한국시의 자존심을 보장해줄 만한 명편이다. 글자 하나 헛디딘 흔적이 없이 깔끔하다. 이러한 형식미와 절제된 언어의 활용은 중국의 한시에서 비롯된 것일 수도 있다.

우리나라 시문학 초기 시인들에게 있어서 한시는 하나의 교양의 항목 같은 것이었다. 그래서 초기 시인들, 예를 들면 김소월, 한용운, 정지용, 백석, 이용악, 신석초를 비롯하여 조지훈에 이르기까지 한시로부터 은근한 영향을 받은 시인들이 수월찮다. 그런 가운데 가장 두드러진 경우는 이육사의 경우이다.

어떤 작품은 아예 한시의 절구를 연상시키는 작품도 있다. 이육사는 정치적 삶을 자신이 소망하는 삶으로 여겼던 인물이다. 그러나 시작품만은 현실주의나 정치적 경향을 따르지 않고 순수시 계열에 섰다. 그래서 그의 시들은 평가들로부터 '정치와 시가 하나로 융합된 시의 좋은 실례'라는 평가를 받는다.

시 「광야」는 매우 우렁찬 목소리의 남성적 시다. 호방하다. 시인 자신 만주벌과 중국대륙을 오가며 독립운동에 투신한 사람이 아니었다면 쓰기 어려운 작품이다. 누군가한테 호령

하는 듯하고 아득한 벌판 끝에서 고함을 지르는 듯하다. 성경에 비유한다면 메시아의 출현을 예고한 세례요한의 외침과 같다.

시의 품이 크고 넉넉한 것은 시의 배경이나 내용이 시간적으로 고대와 근대를 아우르고 공간적으로 동양과 서양을 통합하기 때문일 것이다. "닭 우는 소리" "매화향기"가 그러하고 특히나 마지막 연에 나오는 "백마 타고 오는 초인"이 더욱 그러하다.

다만 한 가지 오독이 생기는 단어를 밝히면 이러하다. 서두에 나오는 "어데 닭 우는 소리 들렸으랴"에서 "들렸으랴"는 '들렸으리라'의 축약형이지만 '들리지 않았다'의 뜻이다.

그리고 "어데"는 '어디에'의 뜻이기도 하지만 경상도 지방 사람들 말을 들어보면 '아니다'는 뜻의 강한 부정의 표현이라고 한다. 그러므로 이 부분은 이렇게 읽을 수도 있겠다. '아니다. 닭 우는 소리가 들렸겠느냐'. 갈수록 첩첩, 한 편의 시를 제대로 읽기는 어려운 일이다.

> 시 「광야」는 매우 우렁찬 목소리의 남성적 시다. 호방하다.
> 시인 자신 만주벌과 중국대륙을 오가며
> 독립운동에 투신한 사람이 아니었다면
> 쓰기 어려운 작품이다.

절정

매운 계절의 채찍에 갈겨
마침내 북방으로 휩쓸려오다

하늘도 그만 지쳐 끝난 高原
서릿발 칼날진 그 우에 서다

어데다 무릎을 꿇어야 하나
한 발 재겨 디딜 곳조차 없다

이러매 눈감아 생각해 볼 밖에
겨울은 강철로 된 무지갠가 보다

자신의 생애 일부분을 그대로 옮긴 듯한 내용이다. 만주벌이 떠오르거나 중국대륙이 떠오를 것이다. 그 시절엔 오직 그쪽만이 숨 쉴만한 통로였으리라.

단아한 동양시가의 형식을 그대로 밟았다. 네 개의 연이 그대로 기승전결의 짜임이다. 또 한시의 기법 가운데 하나인 전경후정前景後情을 적용한 작품이기도 하다.

그러니까 전경후정이란 앞부분에 객관인 경치를 그리고 뒷부분에 주관인 마음(정서)를 표현하는 방법이다. 그래야 독자가 편안하게 시의 내부로 들어올 수 있다.

절체절명絕體絕命. '궁지에 몰려 살아날 길이 없게 된 막다른 처지'를 이르는 말이다. 그러함에도 시인은 소망의 끈을 놓지 않는다.

"이러매 눈감아 생각해 볼 밖에/ 겨울은 강철로 된 무지갠가 보다". 위기에 다다라 눈을 감기는 하되 굴복은 하지 않고 다시금 생각해 본다는 것이다.

'실패는 있어도 굴욕은 없다.' 시인의 막다른 결기가 대단하지 않는가! "겨울은 강철로 된 무지갠가 보다". '매서운 한계상황에서의 도취'가 있다.

아미

— 구름의 백작부인

향수에 철나면 눈썹이 기나니요
바다랑 바람이랑 그 사이 태어났고
나라마다 어진 풍속에 자랐겠죠.

짙푸른 깁帳을 나서면 그 몸매
하이얀 깃옷은 휘둘러 눈부시고
정녕 왈쓰라도 추실란가봐요.

햇살같이 펼쳐진 부채는 감춰도   ·
도톰한 손결야 嬌笑를 가루어서
공주의 笏보다 깨끗이 떨리오.

언제나 모듬에 지쳐서 돌아오면
꽃다발 향기조차 기억만 새로워라
찬 젓대 소리에다 옷끈을 흘려보내고.

촛불처럼 타오른 가슴속 사념은
진정 누구를 애끼시는 속죄라오
발 아래 가득히 황혼이 나우리치오.

>

　달빛은 서늘한 圓柱 아래 듭시면

　薔薇 쩌 이고 薔薇 쩌 흘으시고

　아련히 가시는 곳 그 어딘가 보이오.

미인도다. 아름다운 세상, 아름다운 사람을 그리는 마음이다. 그것은 꿈이기도 하다. 어느 세상인들 누구에겐들 미인도가 없을까보냐. 이육사 같은 지사시인에게도 이러한 꿈이 있고 미인을 바라보는 마음이 있다는 것이 신기해서 잠시 쉬어간다.

이 시에도 반어법 내지는 고어로 처리된 구절이 여러 군데다. "기나니요"는 문맥상으로 볼 때는 '자라는 것인가요?'와 같은 뜻의 의문형 종지이고, '깁帳'은 '깁으로 만든 모기장이나 장막'의 뜻으로 가리개 같은 것을 말하며, '왈쓰'는 오늘날 '왈츠'이고, '嬌笑'는 '요염한 웃음'을 말한다. 그리고 제목의 '아미'는 '미인의 눈썹'을 가리키는 말이다.

이런 단어만 들어도 아리따운 여인의 모습이 떠오른다 하겠다. 부제도 멋스럽게 붙였다. '구름의 백작부인'.

66

미인도다.
아름다운 세상, 아름다운 사람을 그리는 마음이다.

99

꽃

동방은 하늘도 다 끝나고
비 한 방울 나리잖는 그 땅에도
오히려 꽃은 빨갛게 피지 않는가
내 목숨을 꾸며 쉬임없는 날이여

북쪽 툰드라에도 찬 새벽은
눈 속 깊이 꽃맹아리가 옴작거려
제비떼 까맣게 날아오길 기다리나니
마침내 저버리지 못할 약속이여!

한바다 복판 용솟음치는 곳
바람결 따라 타오르는 꽃城에는
나비처럼 취하는 回想의 무리들아
오늘 내 여기서 너를 불러 보노라

이 작품 역시 시인의 특징이 잘 드러난 수작. 비록 각박하고 냉엄한 현실을 살지언정 그 삶과 현실에 주저앉거나 함부로 휘둘리지 않으려 하는 시인의 지사적 태도가 드러나 있다. 예스런 말투. 무겁고 근엄하다. 역시 시인의 결기가 돋보이는 작품이다.

　시에 나오는 단어 가운데 하나. "맹아리"는 '싹'이란 뜻으로 읽힌다. 한자의 '맹아萌芽', 싹이란 말에 '리' 가 붙어서 된 단어겠지 싶다. 다행히 오래 전 이육사 시인을 기리기 위해 쓴 스스로의 작품이 있기에 여기에 옮겨 적어본다.

　"검정색 중절모를 눈썹까지 눌러쓴/ 한 젊은 사내가 새하얀/ 무명 두루막 자락을 휘날리며/ 살얼음 언 압록강을 건너 눈덮힌/ 만주벌로 떠났다는 소문이 있었다// 몇 번이고 되풀이해서 그러다가 끝내/ 돌아오지 않았노라는 소문이/ 또 있었다// 다만 그의 고향 마을에서는 아직도/ 그를 기다려 7월의 청포도는 여전히 익고/ 이웃들은 은쟁반에 모시수건을 곱게/ 마련해 둔다는 것이었다// 이제금 그가 기대어 서 있던 교목은/ 혼자서 쓰러지고/ 그가 그리워하던 초인도 혼자 찾아와/ 그를 기다리다 혼자 울며 떠났다는 것이었다. ─나태주,「한소문─이육사 선생을 그리는 마음으로」전문."

"이장희"

봄은 고양이로다

꽃가루와 같이 부드러운 고양이의 털에
고운 봄의 향기가 어리우도다.

금방울과 같이 호동그란 고양이의 눈에
미친 봄의 불길이 흐르도다.

고요히 다물은 고양이의 입술에
포근한 봄의 졸음이 떠돌아라.

날카롭게 쭉 뻗은 고양이의 수염에
푸른 봄의 생기가 뛰놀아라.

이장희(李章熙, 1900~1929) 시인은 이상이나 윤동주처럼 요절한 시인이다. 요절한 나이 30세. 윤동주가 일제의 핍박에 의한 타살이었고 이상이 질병으로 인한 병사였다면 이장희는 개인적 성격문제와 가정형편에서 오는 중압감으로 인한 자살이었다. 이장희 또한 일제 치하에서 친일하는 부친과의 불화와 각박한 일제 식민치하에서 옥조여오는 현실적 불행감에서 그랬다는 점에서 일제가 간접적 요인이 되었다 할 것이다.

이장희는 대구 갑부(이병학)의 3남으로 태어나 일본유학(교토중학교)까지 마친 수재였지만, 다섯 살 어린 나이에 모친을 잃고 외롭게 성장했으며 형제가 21명(12남 9녀)이나 되는 복잡한 가정환경 속에서 고뇌하며 살았다. 더구나 부친이 일본총독부 중추원 참의로 나가면서 시인에게도 총독부 관리로 취직하라는 명령을 어겼으므로 경제적 지원을 끊어버려 매우 궁핍하고 불우하게 살아야만 했다고 한다.

이장희 시인이 돌아간 원인은 독약을 먹고 스스로 목숨을 끊었던 것. 더 이상 세상에 살아남을 희망의 끈이 사라질 때 택하는 방법이 자살이다. 그런 점에서는 또 아편을 먹고 33세에 자진한 김소월과 또 닮아 있다. 이장희는 죽기 전에 어두운 방안에서 지내면서 줄창 금붕어 그림만 그렸다 하니 이것은 또 갇혀진 자아의 무의식적 발로에서 오는 것이었지 싶다.

　이러한 시인을 보다 가까이 알게 된 것은 대전에서 살았던 박용래 시인의 시 한 편을 통해서였다. "유리병 속으로/ 파뿌리 내리듯/ 내리는/ 봄비./ 고양이와/ 바라보며/ 몇 줄 시를 위해/ 젊은 날을 앓다가/ 하루는/ 돌 치켜들고/ 돌을 치켜들고/ 원고지 빈칸에/ 갇혀버렸습니다/ 古月.(박용래,「古月」전문)"

　시「봄은 고양이로다」는 30년대 우리나라 시인의 작품으로는 믿기 어려울 정도로 시행이 가지런하고 시어가 감각적이다. 섬세한 언어, 선명한 이미지가 예각으로 빛을 발한다. 모든 이미지의 초점은 고양이에게로 모여진다. 고양이의 털과 눈과 입술과 수염. 조금은 신경질적이고 그로테스크한 점이 없지 않다. 결국은 봄이다. 시인이 고양이의 이미지를 통해 그리워하고 꿈꾸는 것은 따뜻한 봄날의 회복이다. 불우한 환경을 벗어나고 싶어 하는 잠재욕구가 이런 시를 낳게 했음직하다.

　지금 읽어봐도 현대적이다. 아무리 세월이 흘러도 망가지지 않을 모던을 지녔다. 그래서 그랬던가. 시「봄은 고양이로다」는 2005년 6월 미국 알프레드 노프사가 발간하는 시선집 『더 그레이트 캣The Great Cat』에「The Spring is A Cat」이란 이름으로 번역되어 실리기도 했다.

66

고양이의 털과 눈과 입술과 수염.
조금은 신경질적이고 그로테스크한 점이 없지 않다.
결국은 봄이다.

99

쓸쓸한 시절

어느덧 가을은 깊어
들이든 산이든 숲이든
모두 파리해 있다

언덕 위에 우뚝이 서서
개가 짖는다
날카롭게 짖는다

비—ㄴ 들에
마른 잎 태우는 연기
가늘게, 가늘게 떠오른다

그대여
우리들 머리 숙이고
고요히 생각할 그때가 왔다.

생애가 길지 않았으므로 시인에게는 많은 작품이 남아 있지 않다. 시작품이 총 34편이고 산문이 1편(톨스토이 번역소설). 내친 걸음 이장희의 시 한 편을 더 읽어본다. 참 아름답다. 맑고도 그윽하다. 속이 그대로 들여다보이는 동구 밖 쪽박샘 같다. 거기 버들붕어나 피라미 새끼라도 몇 마리 놀고 있을지 몰라.

왜 우리는 그동안 이렇게 아름다운 시를 모른다 외면했을까. 이런 시를 모른다 하고 내박치는 행위는 하나의 악덕이다. 지금이라도 늦지 않았으니 소리 내어 고요히 한 번 시를 읽어보시라. 시의 문장을 따라 마음을 멀리 보내보시라. 혼란스런 마음조차 고요해지고 맑아짐을 알 것이다.

"언덕 위에 우뚝이 서서" "날카롭게 짖는" "개"를 지나서 "그대여/ 우리들 머리 숙이고/ 고요히 생각할 그때가 왔다." 그 순간을 맞아야 한다. 우리들 인생이 성숙한 것이라면, 아니 성숙을 원한다면, 마땅히 고개 숙이고 고요히 생각할 그때를 거절하지 말고 공손한 마음으로 맞아들여야 할 일이다.

" 정인보 "

자모사慈母思

1
가을은 그 가을이 바람 불고 잎 드는데
가신 임 어이하여 돌오실 줄 모르는가
살뜰히 기르신 아이 옷품 준 줄 아소서

12
바릿밥 남 주시고 잡숫느니 찬 것이며
두둑히 다 입히고 겨울이라 엷은 옷을
솜치마 좋다시더니 보공補空되고 말아라

16
안방에 불 비치면 하마 임이 계시온 듯
닫힌 방 바삐 열고 몇 번이나 울었던고
산속에 추위 일르니 임 어이 하올고

37
이 강이 어느 강가 압록이라 여쭈오니
고국산천이 새로이 설워라고
치마끈 드시려하자 눈물 벌써 굴러라

40

설워라 설워라해도 아들도 딴몸이라

무덤 풀 욱은 오늘 이 '살' 붙어 있단 말가

빈말로 설운양함을 뉘나 믿지 마옵소

모처럼 시조작품을 골랐다. 지은이는 정인보(鄭寅普. 1893~미상) 시인. 조선 말기 호조참판인 아버지와 정부인 어머니 슬하에서 태어나, 아버지의 손위형님의 양자로 들어가 성장했다. 그래서 어머니가 두 분이 되었다. 생모는 달성서씨이고 양모는 경주이씨.

그런데 그 아들은 양모를 '어머니'라고 부르고 생모를 '생어머니'라고 불렀다. 그만큼 길러주신 어머니를 공경하고 사랑한 탓이다. 연작시조 「자모사」도 양어머니를 위해서 쓴 작품이다.

정인보는 일제 식민지시대 한학자이며 역사학자였으며 언론인, 문필가 등으로 크게 활동했던 분이다. 조국광복 후에는 문필가협회장, 국학대학장, 초대 감찰위원장(감사원장)으로 일했으며 4대 국경일(삼일절. 제헌절. 광복절. 개천절) 노래를 작사한 장본인이다. 그런데 6·25 전쟁 때 북한군에 납북되어 북한에서 사망했다.

위의 작품 「자모사」는 글자 뜻 그대로 돌아가신 어머니, '자모'를 그리워하고 생각하는 간절한 마음을 쓴 시조작품이다. 그러나 오늘날 젊은 세대들에겐 선뜻 이해가 가지 않는 부분이 있을 지도 모른다. 말투도 그렇고 어휘도 그렇고 그 바닥에 깔린 정조까지가 두루 그럴 것이다.

하지만 다문다문 그 글자를 짚어가며 읽어보면 짐작이 가기도 하고 느낌이 살아오기도 할 일이다. 40편이나 되는 긴 작품으로 연작시조다. 그 가운데서도 개인 취향으로 느낌이 좋은 작품 몇 수만을 골라서 실었다.

'작품 1'은 가을철을 맞이하여 찬바람 불고 잎이 지는 날, 어머니와 함께 했던 지난 가을을 회상하면서 자신의 옷의 품이 준 것을 깨닫고 돌아가신 어머니 생각이 나서 그 어머니가 옆에 계신 양 보고말씀 드리는 형식으로 되었다. 물론 여기서 "가신 임"은 돌아가신 어머니이다.

'작품 12'는 어머니 생전의 선행과 자애에 대해서 썼다. "바릿밥"이란 '부인네의 반기'란 뜻인데 제대로 된 반듯한 밥이란 뜻이기도 하다. 그리고 "보공"이란 '시체를 관에 넣고 빈곳을 옷 따위로 채워서 메우는 행위, 또 그때에 사용되는 물건'의 뜻이다. 그러니까 어머니는 생전에 당신의 밥과 옷을 자식이나 이웃을 위해 양보하며 찬밥과 엷은 옷을 입으셨다는 것을 감사하고 찬양하는 마음으로 지은 작품이다.

'작품 16'는 어머니가 돌아가시어 집에 안 계실 때 어머니가 쓰시던 안방에 어머니가 계신 것 같아 자주 문을 열어보고 어머니가 아니 계신 것을 확인하고 여러 차례 울었다는 내용이다. 그런데 그 어머니가 산속 무덤에 계시니 일찍 찾아온

추위에 어찌할까 걱정하는 자식의 효성이 그려졌다.

'작품 37'은 생전에 어머니를 모시고 압록강 부근을 여행했던 일을 회상하는 글이다. 이 강이 어느 강이냐 어머니가 물었을 때 압록강이라 답을 올렸더니 고국산천이 새롭게 서럽다고 우셨는데 눈물을 닦으려고 치마끈 들어올리기도 전에 눈물이 굴러 떨어졌다는 내용이다.

'작품 40'은 마지막 작품. 이렇게 길고 길게 돌아가신 어머니를 그리워하는 시를 지었음에도 불구하고 자신의 부족함을 뉘우치며 오히려 효심의 허구성을 솔직하면서도 담백하게 고백하는 내용이다.

언제든 죽은 사람은 죽은 사람이고 산 사람은 산 사람이다. 목숨의 질서가 다른 것이다. 그렇지만 이렇게 돌아가신 모친을 그리워하며 애면글면 애통해하는 자식의 마음은 얼마나 고귀한 것인가. 오늘날의 세태와 정서가 이와 전혀 맞지 않으므로 더욱 이런 작품을 젊은 세대들이 읽어야 할 것 같아서 길게 사족을 달았다.

" 정 지 용 "

호수

1
얼굴 하나야
손바닥 둘로
폭 가리지만,

보고 싶은 마음
호수만 하니
눈 감을밖에.

2
오리 모가지는
호수를 감는다.

오리 모가지는
자꾸 간지러워.

시가 좋고 시인이 좋아 처음 시집을 읽고 시를 쓰기 시작할 때, 아니 그 이후 한참까지도 정지용(鄭芝溶, 1902~미상)이란 이름은 나에게 서툴기만 한 이름이었다. 그러니 작품을 알 까닭이 없었다. 누구도 알려주지 않았고 작품을 구해 읽을 길이 없었다. 김기림, 백석, 이용악 등과 함께 판금시인이었으니 어쩔 수 없는 노릇이었을 것이다.

다만 문학사나 드문드문 기록을 통해 내가 좋아했던 시인들의 추천인, 그러니까 스승격인 시인이 정지용이란 것을 안 정도였다. 정지용은 40년대 《문장》이란 문예잡지의 추천위원으로 박목월, 박두진, 조지훈 등 청록파 시인들과 박남수, 이한직, 김종한 등 굵직한 시인들을 발굴해낸 장본인이다.

《문장》지의 신인 발굴제도는 신인 추천제도인데 이는 소설분야 이태준, 시조분야의 이병기와 더불어 우리나라에서 처음 시도된 제도라서 후일 우리 문단에 신인 추천제도가 뿌리를 내리게 된 시초가 되는 일이었다.

나로선 어디까지나 김소월 다음이 정지용이다. 김소월의 시가 낯익고 쉬운 시이긴 하지만 아무리 읽어도 완전 이해가 가능하지 않은 시라면 정지용의 시는 낯선 시여서 또한 접근이 완전치 못한 시이다. 이래저래 나에게는 산악과 같이 강물과 같이 높고 깊은 시가 그 두 시인의 작품이라 할 것이다.

그런데 연보를 찾다가 놀란 일이 있다. 그것은 그 두 시인의 출생연도가 같다는 사실이었다. 1902년. 다만 문단활동, 작품 발표 시기가 김소월 쪽이 6년 앞서고 또 김소월이 이른 나이에 세상을 뜸으로 훨씬 오랫적 인물처럼 뒷사람들에게 인식된 것이다. 또 시적인 경향에 있어서도 김소월이 자연발생적 서정에다가 토착정서로 일관하였다면 정지용은 모더니즘으로 출발하여 그것을 동양정신과 조화시키는 과정까지 발전시킨 점이 다르다 할 것이다. 정말 두 사람의 시는 어떤 평론가가 지적했듯이(유종호) 한 세기를 사이에 둔 듯 아득한 감이 없지 않다.

정지용은 성인시만 쓴 것이 아니라 동시도 상당량 쓴 일이 있다. 이런 점에서는 윤동주와도 비슷하다 할 것이다. 그런 연유로 시인은 광복 이후 조선문학가동맹 아동분과 위원장을 맡기도 했다. 정지용 시인에게는 아이들이 읽는 시나 어른들을 상대로 하는 시나 동일한 가치와 효용이 있는 시라는 생각이 있었던 것 같다. 처음부터 가당한 생각이다.

작품 「호수」는 스케일은 작지만 그 감동의 깊이와 파장은 무한히 큰 작품이다. 얼마나 귀엽고 사랑스러운 작품이며 매력적인 작품인가. 작은 것과 큰 것의 대비, 눈에 보이는 것과 보이지 않는 것과의 어울림, 저 섬세한 판타지, 그리고 촉각 이미지의 발화. 그 어떤 장황한 시 작품 여러 편이 대신할 수 없는 효력이고 또 향기다.

> 작품 「호수」는 스케일은 작지만
> 그 감동의 깊이와 파장은 무한히 큰 작품이다.

유리창 · 1

유리에 차고 슬픈 것이 어른거린다.
열없이 붙어 서서 입김을 흐리우니
길들은 양 언 날개를 파닥거린다.
지우고 보고 지우고 보아도
새까만 밤이 밀려 나가고 밀려와 부딪히고,
물먹은 별이, 반짝, 보석처럼 박힌다.
밤에 홀로 유리를 닦는 것은
외로운 황홀한 심사이어니,
고운 폐혈관이 찢어진 채로
아아, 늬는 산새처럼 날아갔구나!

시인 정지용은 한국(휘문고보)에서도 공부했지만 일본(도시샤대학)에 가서도 공부한 사람이다. 그것도 영문학을 공부했다. 그러므로 영미시의 기법을 제대로 공부하고 돌아왔을 뿐더러 그것을 한국시에 성공적으로 접목시킨 시인이다. 초기에는 이미지즘 계통의 시를 썼고 후기에는 동양적인 정신을 잘 살린 시를 쓴 시인으로 평가되고 있다.

　말하자면 표현형식으로서의 서양과 내용본질로서의 동양을 아우른 시인이다. 출생연도는 같아도 김소월과 정지용은 많은 시대 차이가 나는 듯한 감상이 여기서 출발한다. 김소월이 근대시의 시발이라면 정지용은 현대시의 시발이다. 그래서 흔히들 정지용을 한국 현대시의 아버지라고 부른다

　「유리창」은 그 소재부터가 차갑고 투명하고 냉소적인 것이다. 무슨 깊고도 큰 슬픔이 있었던가. 깊은 밤, 잠에서 깨어난 시인은 유리창 앞에 와서 유리에 입김을 불어넣고 그것을 지우기를 반복한다. 그렇지만 목 놓아 울지도 않고 섣불리 눈물을 흘리지도 않는다. 유리창처럼 차갑고 맑고 투명한 슬픔이다. '슬퍼하되 몸이 상하도록 슬퍼하지는 않는다'는 '애이불상哀而不傷'의 경지가 여기에 머문다.

　"고운 폐혈관이 찢어진 채로/ 아아, 늬는 산새처럼 날아갔구나!". 자제된 슬픔이기에 더욱 진한 슬픔이 되어 읽는 이의 마음에 어혈로 남는다. 내상 수준의 "외로운 황홀한" 슬픔이 또한 여기에 더해진다.

향수

넓은 벌 동쪽 끝으로
옛이야기 지줄대는 실개천이 휘돌아 나가고,
얼룩백이 황소가
해설피 금빛 게으른 울음을 우는 곳,

―그곳이 차마 꿈엔들 잊힐리야.

질화로에 재가 식어지면
비인 밭에 밤바람 소리 말을 달리고,
엷은 졸음에 겨운 늙으신 아버지가
짚베개를 돋아 고이시는 곳,

―그곳이 차마 꿈엔들 잊힐리야.

흙에서 자란 내 마음
파아란 하늘빛이 그리워
함부로 쏜 화살을 찾으려
풀섶 이슬에 함추름 휘적시던 곳,

―그곳이 차마 꿈엔들 잊힐리야.

>

　전설 바다에 춤추는 밤물결 같은
　검은 귀밑머리 날리는 어린 누이와
　아무렇지도 않고 예쁠 것도 없는
　사철 발 벗은 아내가
　따가운 햇살을 등에 지고 이삭 줍던 곳,

　—그곳이 차마 꿈엔들 잊힐리야.

　하늘에는 성긴 별
　알 수도 없는 모래성으로 발을 옮기고,
　서리까마귀 우지짖고 지나가는 초라한 지붕,
　흐릿한 불빛에 돌아앉아 도란도란거리는 곳,

　—그곳이 차마 꿈엔들 잊힐리야.

젊은 세대들에게 정지용 시인의 대표작을 물으면 대뜸 「향수」를 댄다. 이유는 노래 때문이다. 시 「향수」를 김희갑이라는 대중가요 작곡가가 작곡했는데 성악가 박인수와 가수 이동원이 함께 불러 대 히트를 했던 것이다. 그렇게 노래의 힘은 강하고 대중의 호응은 중요하다. 실상 시인의 대표작을 결정하는 사람은 시인 자신도 아니고 평론가도 아니고 문학연구가도 아닌 대중들인 것이다.

이 작품은 1923년 휘문고보를 졸업한 직후인 4월, 21세 때 쓰고 1927년 《조선지광》이란 잡지에 발표된 시이다. 이 시절은 시인이 고국을 떠나 일본에 유학을 하던 때. 고향을 그리는 마음이 절정에 닿아 이런 시를 낳았겠지 싶다. 정지용 시인의 지속적인 주제는 '향수'다. 고향을 그리워하는 마음. 그리워한다는 것은 이미 그 앞에 상실이 있었음을 의미한다. 그러므로 향수는 잃어버린 낙토에 대한 간절한 그리움이며 낙원회복의 소망을 전제로 한다. 비애의 정조를 또 그 바닥에 깐다.

시 「향수」가 대중가요로 작곡되어 대중에게 인기를 얻기까지는 우선 가수 이동원의 시 작품에 대한 관심과 사랑이 먼저 있었다. 이동원은 정호승의 시를 비롯하여 많은 시인들의 시를 노래로 부른 가수인데 1988년 판금에서 풀린 정지용의 시집을 서울의 한 서점에서 읽고 「향수」를 발견, 대중가요 작곡가 김희갑에게 부탁하여 어렵게 작곡, 박인수와 함께 이중창으로 불렀다 한다.

이로써 시는 많이 알려지고 시인 또한 대중들의 관심을 받았지만 노래를 함께 부른 성악가 박인수는 국립오페라단에서 제명되는 고난을 겪어야 했다고 한다. 이때 박인수의 말이 감동적이다. "다른 대중가요라면 몰라도 그것이 정지용의 「향수」라고 하면 어떠한 반대급부도 영광이다."

정말로 시 「향수」는 짜임이나 언어표현으로나 탁월한 작품이다. 다섯 차례나 반복되는 후렴구 "그곳이 차마 꿈엔들 잊힐 리야", 이 한 구절만으로도 독자의 감성은 쩌르르 감전이 된다. 처음 시가 발표되었을 때는 '차마'가 '참하'였다고 한다. 맞춤법 표기를 넘어 '차마'보다 '참하'란 말은 더욱 곡진한 화자의 심경을 드러내기에 적합했을 것이다. 이것이 바로 정지용 시의 남다른 점이다. 시를 읽다 보면 얼마나 눈부신 황금 언어들을 우리가 만나는가.

우선 명사만 해도 그렇다. 넓은 벌. 실개천. 얼룩백이 황소. 질화로. 엷은 졸음. 늙으신 아버지. 짚베개. 하늘빛. 풀섶 이슬. 전설바다. 밤물결. 검은 귀밑머리. 어린 누이. 사철 발 벗은 아내. 따가운 햇살. 성근별. 모래성. 서리까마귀. 초라한 지붕. 흐릿한 불빛…. 차라리 시를 그대로 옮겨적다 시피 해야 할 정도다.

거기다가 형용사나 동사는 어떠하고, 가령 이런 표현은 또 어떠한가. "해설피 금빛 게으른 울음을 우는 곳". 이는 이중 삼중의 이미지 활용이다. 해설피—시각, 금빛—시각, 게으른—시각, 울음—청각. 이런 시를 38년 동안이나 잃어버리고 살았다니 상실이라 해도 많이 억울한 상실이다. 이제라도 찾았으니 글을 배우고 쓰는 사람의 보배요, 글을 읽는 사람들의 행복이다.

오늘날 우리는 모두가 고향을 잃어버린 사람들이다. 그가 시골에 사는 사람이라 해도 마찬가지다. 가난하고 불편했지만 인정이 살아 있고 순수한 자연이 어울려 살아 있던 그런 고향은 결코 아닌 것이다. 마음속에만 살아 있는 고향. 그런 고향을 시로서나마 만나게 되니 얼마나 다행스런 일인가. 정지용 시가 복원해주는 고향의 원형. 한국인들이 유독 이 시를 좋아하는 이유가 여기에 있겠지 싶다.

> "해설피 금빛 게으른 울음을 우는 곳".
> 이는 이중 삼중의 이미지 활용이다.

오월소식

오동나무 꽃으로 불 밝힌 이곳 첫여름이 그립지 아니한가?
어린 나그네 꿈이 시시로 파랑새가 되어 오려니.
나무 밑으로 가나 책상 턱에 이마를 고일 때나,
네가 남기고 간 기억만이 소근소곤거리는구나.

모처럼만에 날아온 소식에 반가운 마음이 울렁거리어
가여운 글자마다 먼 황해가 남실거리나니.

……나는 갈매기 같은 종선을 한창 치달리고 있다……

쾌활한 오월 넥타이가 내처 난데없는 순풍이 되어,
하늘과 딱 닿은 푸른 물결 우에 솟은,
외딴 섬 로만틱을 찾아갈까나.

일본말과 아라비아 글씨를 가르키러 간
쬐그만 이 페스탈로치야, 꾀꼬리 같은 선생님이야,
날마다 밤마다 섬 둘레가 근심스런 풍랑에 씹히는가 하노니,
은은히 밀려오는 듯 머얼리 우는 오르간 소리……

매우 앙증맞고 사랑스런 작품이다. 누군가를 위해서 써준 글로 보인다. 누굴까? 여성이다. 그것도 섬에 있는 초등학교로 아이들을 가르치러 간 여자 선생님이다. 그의 행선을 근심하고 응원하는 심정이 잘 드러나 있다. 간절하다. 곡진하다. 왜 그런가? 사랑하는 마음이 있기 때문이다.

　저 찰랑찰랑 언어들을 느껴보시라. 정지용 시인만이 보일 수 있는 언어의 마술이다. 눈앞에 없는 사람을 보게 하고, 오동꽃과 바다와 넥타이를 보게 하고, 배를 만나게 하고, 귀에 들리지 않는 바닷물결 소리, 오르간 소리를 듣게 한다. 뿐더러 바람을 느끼게 하고 무엇보다도 우리들 마음을 울렁이게 하고 출렁이게 한다.

　아, 우리도 떠나자. "종선"을 타고. 종선從船은 '큰 배에 딸린 배'라는 뜻인데 여기서는 '작은 배'라는 뜻으로 쓰였지 싶다.

고향

고향에 고향에 돌아와도
그리던 고향은 아니러뇨.

산꿩이 알을 품고
뻐꾸기 제철에 울건만,

마음은 제 고향 지니지 않고
머언 항구로 떠도는 구름.

오늘도 메 끝에 홀로 오르니
흰 점 꽃이 인정스레 웃고,

어린 시절에 불던 풀피리 소리 아니 나고
메마른 입술에 쓰디쓰다.

고향에 고향에 돌아와도
그리던 하늘만이 높푸르구나.

번번이 정지용의 시는 고향을 그리는 시다. 사람은 누구나 처음엔 미지의 세계가 그리워 떠남을 감행한다. 그러나 떠나 있는 날들이 계속되면 예전에 있던 그 자리로 돌아가고 싶어 하는 마음이 생긴다. 이번에는 예전에 있던 곳이 그리워진다. 고토에의 그리움, 고향에의 그리움이다.

떠나게 하는 것도 그리움이 시키는 일이고 돌아오게 하는 것도 그리움이 시키는 일이다. 사무치게 그리워 돌아온 옛땅, 고향인데 마음은 또 편안하지가 않다. 돌아와 보니 이미 옛땅은 떠나서 그리워하던 그 땅이 아닌 것이다. 이미 변한 산천이며 거리며 사람들이며 사람들 인심이며, 하나같이 섭섭함을 더하게 한다.

그런 마음이 이런 시를 쓰게 했을 것이다. 그것은 더더욱 일제 침략기 나라 잃은 백성으로서의 귀향이다. 1932년에 《인문평론》이란 잡지에 발표한 작품이지만 그 내용으로 보면 일본 유학 시절에 고향에 돌아왔을 때의 감회를 쓴 것으로 보인다. 이 작품은 발표되자마자 전라도 벌교 출신의 작곡가 채동선에 의해 가곡으로 작곡되어 널리 애창되는 노래가 된다. 채동선은 이 시 말고도 정지용의 다른 시 「향수」를 작곡한 작곡가이기도 하다.

그러나 시인이 6·25 공간에서 행방불명이 되자 한동안 이 노래조차 묶이게 되자 곡을 살리기 위해 두 사람의 시인이 이 노래의 곡에 새롭게 가사를 붙인다. 박화목의 「망향」과 이은상의 「그리워」가 그것이다. 그런 뒤에 서울대 음대 교수인 이관옥이 노랫말을 지어 「고향 그리워」로 부르기도 했다. 그러니까 곡은 하나인데 가사가 넷이나 되는 셈이다.

　그러나 어디까지나 최초의 가사는 정지용의 것이다. 작곡가 채동선이 정지용의 시를 보고 악상을 얻어 노래도 만들었으니 이 노래의 본래 주인은 정지용이라 할 것이다. 그러나 판금의 기간이 길어짐에 따라 후대 사람들은 정지용을 잊고 박화목이거나 이은상으로만 기억한다. 나 자신만 해도 이 노래는 박화목이 작사한 「망향」으로 배워 그렇게 알고 있던 형편이었다. 나중에야 정지용의 본 가사를 찾고 그 가사로 부르는 노래가 더욱 애절하다는 것을 알게 되었지만 말이다.

　꽃 피는 봄 사월 돌아오면/ 이 마음은 푸른 산 저 넘어// 그 어느 산 모퉁 길에/ 어여쁜 님 날 기다리는 듯// 철 따라 핀 진달래 산을 넘고/ 먼 부엉이 이름 끊이잖는// 나의 옛 고향은 그 어디런가/ 나의 사랑은 그 어디멘가// 날 사랑한다고 말해 주렴아 그대여/ 내 맘속에 사는 이 그대여// 그대가 있길래 봄도 있고/ 아득한 고향도 정들을 것일레라.
　　― 박화목, 「망향」

그리워 그리워 찾아와도/ 그리운 옛님은 아니 뵈네// 들국화
애처롭고/ 갈꽃만 바람에 날리고// 마음은 어디고 부칠 곳 없
어/ 먼 하늘만 바라본다네// 눈물도 웃음도 흘러간 세월/ 부질
없이 헤아리지 말자// 그대 가슴엔 내가 내 가슴엔 그대 있어/
그것만 지니고 가자꾸나// 그리워 그리워 찾아와서/ 진종일 언
덕길을 헤매다 가네.

　　── 이은상,「그리워」

　내 정든 고향을 떠나와서/ 낯설은 타향에 외로운 몸// 저 멀
리 안개속에/ 그리운 얼굴 뵈는 듯// 찬바람 불어오는 언덕에
앉아/ 먼 하늘만 바라 보노라// 내 사랑 그리운 고향 땅아/ 언
제 나를 품어 주려는가// 아련한 꿈 속에 옛노래 그리워 불러보
네/ 아! 언제 가려나 내 동산에// 내 정든 고향을 떠나와서/ 아
득한 하늘 바라 여기 서 있노라.

　　── 이관옥,「고향 그리워」

석류

장미꽃처럼 곱게 피어가는 화로에 숯불,
입춘 때 밤은 마른풀 사르는 냄새가 난다.

한 겨울 지난 석류열매를 쪼개어
홍보석 같은 알을 한 알 두 알 맛보노니,

투명한 옛 생각, 새론 시름의 무지개여,
금붕어처럼 어린 여릿여릿한 느낌이여.

이 열매는 지난 해 시월 상ㅅ달, 우리 둘의
조그마한 이야기가 비롯될 때 익은 것이어니.

작은 아씨야, 가녀린 동무야, 남몰래 깃들인
네 가슴에 조름 조는 옥토끼가 한 쌍.

옛 못 속에 헤엄치는 흰 고기의 손가락, 손가락,
외롭게 가볍게 스스로 떠는 銀실, 銀실.

아아 석류알을 알알이 비추어 보며
신라 천년의 푸른 하늘을 꿈꾸노니.

시인을 일러 언어의 마술사라고 하는 말이 있다. 진정 그런 말이 진정이라면 그것은 이 땅에 이런 시를 쓴 시인을 두고 하는 말일 것이다. 일찍이 김영랑, 정지용과 더불어 '시문학' 동인이 되어 순수시 운동을 벌였던 박용철은 「시적 변용에 대하여」란 글에서 '시인은 하느님 다음 가는 창조자'라는 뜻의 말을 한 적이 있다. 정작 그것은 이런 시와 이런 시를 쓴 시인을 두고 하는 말일 것이다.

보석이 주렁주렁 매달린 옷을 입고 이리로 오는 여인네 같다. 왜 그런가? 시어가 지극히 아름답고 찬란하기까지 하기 때문이다. 허황된 미사여구가 아니다. 제자리에 제대로 쓰인 언어만이 그런 능력을 갖는다. 생명력을 갖게 된다. 아름다운지고! 눈부신지고! 나는 더 이상 이 시에 대한 설명이나 평가를 할 수가 없다.

하지만 시의 서두 부분, "입춘 때 밤은 마른 풀 사르는 냄새가 난다"에서 느껴지는 식물적 감성은 참으로 오래인 것이기도 하거니와 오늘날에도 여전히 새로운 것이기도 하다. "우리 둘의 조그마한 이야기가 비롯될 때 익은 것이어니"로 대변되는 "석류"는 비밀한 사랑을 말해주는 하나의 증거이기도 하다.

실은 이 시를 중학교 시절 국어교과서에서 읽은 일이 있다.

어떤 산문교재의 한 가운데 인용문으로 들어와 있었다. "아아 석류알을 알알이 비추어 보며/ 신라 천년의 푸른 하늘을 꿈꾸노니". 겨우 두 줄의 인용이었다. 시인의 이름도 제대로 기록되지 않고 다만 '시인 C씨'로 되어 있었다. 어린 마음에 그때는 참 예쁘구나 싶은 기억이 있었을 뿐이다.

나중에 이 시를 읽고 그 C라는 시인이 정지용이라는 사실을 알았을 때의 찬란한 환희를 오래 잊을 수 없다. 그것은 "금붕어처럼 어린 여릿여릿한 느낌"이었고 "외롭게 가볍게 스스로 떠는 銀실, 銀실"같은 감회였다고나 할까. 내가 보다 젊은 시절 정지용의 시를 만났다면 오늘날 나의 시는 많이 달라졌을 것이라는 추회追悔를 지울 수가 없다.

나중에 이 시를 읽고 그 C라는 시인이
정지용이라는 사실을 알았을 때의 찬란한 환희를
오래 잊을 수 없다.

난초

난초 잎은
차라리 수묵색.

난초 잎에
엷은 안개와 꿈이 오다.

난초 잎은
한밤에 여는 다문 입술이 있다.

난초 잎은
별빛에 눈 떴다 돌아눕다.

난초 잎은
드러난 팔굽이를 어쩌지 못한다.

난초 잎에
적은 바람이 오다.

난초 잎은
칩다.

산수시山水詩다. 동양화 그림에서 산과 강, 그러니까 자연 풍경을 있는 그대로 담박淡泊하게 표현하는 그림을 산수화라고 부르듯이 마치 그런 산수화 기법으로 쓰는 시를 '산수시'라고 부른다. 다른 말로는 서경시라고도 할 수 있겠다.

일제식민지 치하, 고난 받고 구속당하며 사는 삶 속에서 섬약한 심성의 지성은 무한 스트레스를 받고 불행감과 비애감을 얻었을 것이다. 더구나 시인은 친일도 배일도 하지 못하는 어정쩡한 입장의 인물이다. 여기서 자연스럽게 나타난 것이 산수시의 세계였다.

그것은 도피였고, 하나의 안식이었고, 위안이기도 했던 세계. 그 안에서 시인 정지용의 노성老成한 시 세계가 이룩된다. 위의 시에서도 보면 시 안에 시인 자신의 모습은 보이지 않는다. 시인으로 대신하는 사물이나 이미지만 있다. 일종의 객관적 상관물이다. 그것들이 시인의 감정을 대변한다.

감정은 있으되 최대한 절제되고 언어 또한 절제된다. 이런 절제가 마치 한지 위에 흑백으로만 처리되는 산수화를 연상시킨다. 난초 자신이 시인이다. 대상과 인간이 하나가 되는 세상 — 물아일체의 나라가 거기에 있다. 물론 난초는 의인擬人이다. 그대로 사람이다. 그것도 어여쁜 여인으로 표상된 의인이다.

마지막 구절, '칩다'는 '춥다'의 뜻이지만 여기서 오자가 아니다. 하도 추우면 '춥다'란 말이 '칩다'로 발음되기도 했으리라. 추운 상태를 강조하고 실감하기 위한 시인의 창조적 어법이다.

"

난초 자신이 시인이다.
대상과 인간이 하나가 되는 세상
— 물아일체의 나라가 거기에 있다.

"

풍랑몽 · 1

당신께서 오신다니
당신은 어찌나 오시랴십니까.

끝없는 울음 바다를 안으올 때
포도빛 밤이 밀려오듯이,
그 모양으로 오시랴십니까.

당신께서 오신다니
당신은 어찌나 오시랴십니까.

물 건너 외딴 섬, 은회색 거인이
바람 사나운 날, 덮쳐 오듯이,
그 모양으로 오시랴십니까.

당신께서 오신다니
당신은 어찌나 오시랴십니까.

창밖에는 참새 떼 눈초리 무거웁고
창안에는 시름겨워 턱을 고일 때,
은고리 같은 새벽달

부끄럼성스런 낯가림을 벗듯이,
그 모양으로 오시랴십니까.

외로운 졸음, 풍랑에 어리울 때
앞 포구에는 궂은비 자욱히 들리고
행선배 북이 웁니다, 북이 웁니다.

아, 또 이 시. 가슴을 두근두근하게 만드는 이 시. 기다리는 사람 마음의 초조와 조바심을 이보다 더 절실하게 박진감 있게 그려내는 문장이 더 있을 수 있을까. 여섯 번이나 되풀이되는 '오시랴십니까' 이 구절, 이 귀여운 입놀림. 어여쁜 젊은 여인네의 붉고도 조그만 입술이 눈앞에 보이는 듯싶다. 앞의 것은 물음이고 뒤의 것은 대답이다. 같은 문장 구성으로 이런 교묘함을 보이다니. 놀랍다. 이런 표현들로 해서 기다리는 사람의 애타는 심정은 더욱 고조된다.

"창밖에는 참새떼 눈초리 무거웁고/ 창안에는 시름겨워 턱을 고일 때,/ 은고리 같은 새벽달/ 부끄럼성스런 낯가림을 벗듯이". 기다리는 사람의 불안하면서도 초조한 심사를, 그 마음의 그림자까지를 미세하게 그려내고 있다. 더 이상 할 말을 잃는다.

"외로운 졸음, 풍랑에 어리울 때/ 앞 포구에는 궂은비 자욱히 들리고". 드디어 지루한 기다림이 끝나고 기다리던 사람이 배를 타고 앞 포구에 도착하는 시간. "행선배 북이 웁니다, 북이 웁니다". 예전에는 배가 도착하면 그 신호로 북이 울렸던가 보다. 북소리를 듣고 부리나케 마중 나가는 사람의 뒷모습이 보인다.

"행선배"는 여객선, 손님을 싣고 오가는 배를 말한다. 이 시를 읽으면 우리들 마음속에도 뚜우 하고 고동이 울면서 도착하는 행선배가 있고 누군가 오래 기다리던 사람이 드디어 와서 가슴이 방망이질을 치면서 두근거려지는 그러한 마음이 있다.

옛이야기 구절

집 떠나가 배운 노래를
집 찾아오는 밤
논둑길에서 불렀노라.

나가서도 고달프고
돌아와서도 고달펐노라.
열네 살부터 나가서 고달펐노라.

나가서 얻어 온 이야기를
닭이 울도록,
아버지께 이르노니―

기름불은 깜박이며 듣고,
어머니는 눈에 눈물이 고이신 대로 듣고
니치대던 어린 누이 안긴 대로 잠들며 듣고
웃방 문설주에는 그 사람이 서서 듣고,

큰 독 안에 실린 슬픈 물같이
속살대는 이 시고을 밤은
찾아온 동네 사람들처럼 돌아서서 듣고,

\>

　― 그러나 이것이 모두 다
　그 예전부터 어떤 시원찮은 사람들이
　끊이지 못하고 그대로 간 이야기어니

　이 집 문고리나, 지붕이나,
　늙으신 아버지의 착하디착한 수염이나,
　활처럼 휘어다붙인 밤하늘이나,

　이것이 모두 다
　그 예전부터 전하는 이야기 구절일러라.

시를 읽는 데는 오로지 시작품만을 대상으로 해야 한다는 주장이 있다. 하지만 때로는 시인의 생애나 이력을 참고해야 할 때도 있다. 이 시가 바로 그렇다. 처음 읽을 때는 무슨 이야긴가 가늠이 가지 않을 지도 모른다.

시인이 태어난 곳은 충북 옥천군 옥천면 하계리. 조그만 한적한 소읍, 아직은 농촌마을. 거기서 유년시절을 보내고 이른 나이에 서울로 유학遊學가서 공부하고 일본으로 유학留學 갔다가 돌아와 모교에서 오랫동안 교편생활을 하면서 시인으로 활동한다.

그 어간에 가정사가 들어간다. 아버지는 객지로 떠도는 분이었고 고향으로 돌아와 한의업에 종사, 재산을 좀 축적했는데 어느 해 홍수로 재산을 잃고 만다. 그러한 가정환경 속에서 시인을 사랑하고 보살폈던 분은 어머니.

그러면서 시인은 12세 때 동갑내기(은진송씨 송재숙)와 혼례를 치른다. 어린 나이인 관계로 쉬이 애기가 생기지 않고 27세에야 아이가 출생한다. 결혼 15년 만의 일이다.

이러한 저간의 사정이 이 시 안에 모두 들어 있다. 한 편의 작은 영화 같고 조그만 자서전 같다. 시는 크게 두 부분으로 나뉜다. 총 8연 가운데 앞부분 6연은 소년과 청년 시절의 회고이고 줄표(―) 이후의 3연은 장년의 회고다. 그러니까 앞부분이 과거이고 뒷부분이 현재다.

그렇게 읽으면 대번에 이해가 간다. 주인공은 우선 객지에서 집으로 돌아오는 사람이다. "집 떠나가 배운 노래를/ 집 찾아오는 밤/ 논둑길에서 불렀노라." 옥천의 시골마을 논둑길을 노래를 흥얼거리며 걸어서 집으로 돌아오는 한 젊은이가 보인다.

그는 잠시 자신의 삶을 돌아본다. "나가서도 고달프고/ 돌아와서도 고달팠노라./ 열네 살부터 나가서 고달팠노라." 그러고 보니 그가 객지로 나다니며 공부를 시작한 것이 열네 살 때부터였던가 보다.

그 다음은 집으로 돌아온 날 밤의 풍경이 전개된다. 정겹지만 눈물겨운 그림이다. "나가서 얻어 온 이야기를/ 닭이 울도록,/ 아버지께 이르노니—". 아, 우리에게도 이런 시절이 있었지! 잠시 돌아보며 눈물겨워지고 느껴워진다.

그 다음은 글의 흐름에 따라 차근차근 음미하며 읽으면 된다. 아버지와 더불어 기름불, 어머니, 어린 누이, 그 사람(아내) 시고을 밤, 이 모든 구성원들이 객지에서 떠돌다 돌아온 주인공의 말에 귀를 기울이는 밤이다.

정지용 시읽기에서 가장 중요한 것은 말맛을 느끼는 일이다. 가령 시의 중간부분에 보이는 "니치대는"이란 말에 대해서 예를 들어보아도 그렇다. 그것은 '친한 척 어린 척 집적

거리거나 몸을 기대는 행동'을 말하는데 이러한 사소한 낱말 하나에서조차 얼마나 많은 우리의 삶과 마음의 손때가 그대로 묻어나는지 모른다. 이러한 한국어에 대한 아낌과 정성은 오로지 '시문학파' 여러 시인들로부터 비롯한 것이다. 오늘에 이르러 여간 소중스럽고 고마운 일이 아니다.

아, 그러나 그 모든 것들도 이제는 지나간 것들이 되어 버렸구나. 주인공은 장성하여 세상을 많이 아는 사람이 되었고 고향의 모습도 변했고 가족들도 변했고 다만 변하지 않은 것은 "이 집 문고리나, 지붕이나, / 늙으신 아버지의 착하디착한 수염이나, / 활처럼 휘어다 붙인 밤하늘이나," 그런 것뿐이구나. 그래서 시는 "옛이야기 구절"이 되는 것이다. 시의 제목이 마지막 행에서 왔다.

이 시는 《신민》 21호(1927.1)에 발표된 작품이다. 그런데 생전에 시인이 낸 세 권의 시집 어디에도 수록하지 않은 작품이다. 왜 그랬을까? 다만 그 이유는 시인만이 아는 일이었을 것이다.

> 66
>
> 정지용 시읽기에서 가장 중요한 것은
> 말맛을 느끼는 일이다.
>
> 99

인동차

노주인의 腸壁에
無時로 忍冬 삼긴 물이 나린다.

자작나무 덩그럭불이
도로 피여 붉고,

구석에 그늘지어
무가 순 돋아 파릇하고,

흙냄새 훈훈히 김도 사리다가
바깥 風雪 소리에 잠착하다.

산중에 冊曆도 없이
三冬이 하이얀다.

이 시 또한 산수시다. 정지용 시인의 후기시 가운데 명편.
마음으로 그리는 그림이다. 세계대전을 일으킨 일본제국주의
침략이 절정에 다다를 때 시인은 엄혹한 현실을 피해 상상의
세계 속으로 들어가고 싶어한다. 산수의 세계이다.

　은일자隱逸者의 시다. "노주인", 그는 "無時로 끄는 삼긴
물"(인동차)을 마시는 사람이다. 방안에는 "덩그럭불"(나무를 태운
화롯불)이 있고 "구석"엔 "순 돋아 파릇"한 "무"가 있다. 적막하
다. 차라리 적막이 사람을 살린다. "인동"은 식물이름 인동일
수도 있겠고 '겨울을 견딘다'는 뜻으로 인동일 수도 있겠다.

　방 안에는 또 "훈훈"한 "흙냄새"가 있다. "바깥 風雪소리"
는 사납다가 잠잠해지기도 한다. "산중에 冊曆도 없이/ 三
冬이 하이얗다." 그대로 그림, 감정을 최대한 절제한 그림이
다. 그 속에서 시인은 허정의 세계, 청정과 무심의 세상을 꿈
꾼다. 바로 "노주인", 시인 자신이다.

춘설

문 열자 선뜻!
먼 산이 이마에 차라.

雨水節 들어
바로 초하루 아침,

새삼스레 눈이 덮인 뫼뿌리와
서늘옵고 빛난 이마받이하다.

얼음 금가고 바람 새로 따르거니
흰 옷고름 절로 향기로워라.

옹송그리고 살아난 양이
아아 꿈같기에 설어라.

미나리 파룻한 새순 돋고
옴짓 아니 기던 고기 입이 오물거리는,

꽃 피기 전 철 아닌 눈에
핫옷 벗고 도로 춥고 싶어라.

산수시 계열의 작품. 감각적인 언어가 빛난다. 작품 서두부터 시인은 자신의 감정을 굳이 숨기려 하지 않는다. 봄을 맞는 설레임과 기쁨이 그만큼 크기에 그러할 것이다.

　"춘설". 봄에 오는 눈이다. 봄을 재촉하는 눈이다. 만물에게 생명을 선사하는 눈이다. 눈은 눈이라도 내리면서 녹는 여리고도 슬픈 눈이다.

　그런 눈 앞에서 시인은 잠시 감격하면서 새로운 꿈을 꾸어 보기도 한다. "미나리 파릇한 새 순 돋고/ 옴짓 아니 기던 고기 입이 오물거리는" 생명감각이다.

　"꽃 피기 전 철 아닌 눈에/ 핫옷 벗고 도로 춥고 싶어라". 봄을 맞는 감격이다. 언제든지 기적처럼 오는 봄. 올해도 그런 봄은 오고야 말 것인가. 시의 후반부에 나오는 "핫옷"이란 말은 '솜옷'이란 뜻이다.

　그나저나 오는 봄을 서둘러 반갑게 맞이하고 싶어 '솜옷'을 미리 벗고 도로 춥고 싶다는 이러한 생각이나 느낌은 얼마나 새롭고도 신선한 것이랴. 다시 오는 봄이 오소소 소름돋는 피부의 감각으로부터 온다는 것을 예나 이제나 같은 것이면서 지극히 신선하고도 눈부신 생명감각이 아니겠는가!

바다 · 2

바다는 뿔뿔이
달아나려고 했다.

푸른 도마뱀 떼같이
재재발랐다.

꼬리가 이루
잡히지 않았다.

흰 발톱에 찢긴
산호보다 붉고 슬픈 생채기!

가까스로 몰아다 붙이고
변죽을 둘러 손질하여 물기를 씻었다.

이 앨쓴 *海圖*에
손을 씻고 떼었다.

찰찰 넘치도록
돌돌 구르도록

>

휘둥그라니 받쳐 들었다!

지구는 연잎인 양 오므라들고…… 펴고……

초기에 정지용 시인은 바다를 소재로 하는 시를 여러 편 썼다. 이 시는 그런 바다 시 가운데 마지막 작품이다. 바다를 사물화해서 쓴 시. 동영상을 보는 듯한 시. 말하자면 완결편인 셈이다.

바다는 무엇인가? 바다는 미지다. 바다는 젊음이고 새로움이고 넓음이고 깊이다. 바다는 또 탈출이고 변화이고 출렁임이고 힘이고 승리다. 이것을 시인은 꿈꾼 것이다.

감각은 감각이라 해도 이런 감각을 당할 재간은 없겠다. "바다는 뿔뿔이/ 달아나려고 했다"니, "푸른 도마뱀 떼같이/ 재재발랐다"느니 이런 감각은 오늘의 눈으로 보아도 너무도 신선한 것이다. 감각의 극치를 본다 하리라.

시의 중간부분에 나오는 "앨쓴 海圖"가 무슨 말인지 궁금한 생각이 들 수도 있다. '앨쓴'이라는 사람이 만든 '해도'일까, 그런 생각도 있을 것이다. 내 생각으로는 그것이 아니라 '애를 쓴'이란 말의 축약어로 보여 '노력한' 정도의 뜻으로 읽힌다.

평론가 권영민 교수도 "앨쓴 海圖"를 '바닷물이 밀려와 모래톱을 이루는 것을 해도를 그려놓은 것처럼 비유적으로 표현한 것'이라고 풀이하고 있다.

" 한 용 운 "

나룻배와 행인

나는 나룻배
당신은 행인.

당신은 흙발로 나를 짓밟습니다.
나는 당신을 안고 물을 건너갑니다.
나는 당신을 안으면 깊으나 얕으나 급한 여울이나 건너갑니다.

만일 당신이 아니 오시면 나는 바람을 쐬고 눈비를 맞으며 밤에
서 낮까지 당신을 기다리고 있습니다.
당신은 물만 건너면 나를 돌아보지도 않고 가십니다그려.
그러나 당신이 언제든지 오실 줄만은 알아요.
나는 당신을 기다리면서 날마다 날마다 낡아갑니다.

나는 나룻배
당신은 행인.

한용운(韓龍雲, 1879~1944) 시인은 한두 마디 수식으로 소개하기 벅찬 인물이다. 시인이기 이전에 벌써 승려였고 불교학자였으며 언론인이었고 독립운동가였다. 기미년 삼일독립선언서에 서명한 33인 가운데 한 사람이었을 뿐더러 선언서 말미에 '공약삼장'을 스스로 기초하여 추가할 정도로 독립정신, 애국애족 정신에 투철했던 인물이다.

오늘날 우리가 그를 시인으로 사랑하는 건 시집 『님의 침묵』에 실린 시편들 탓인데 그 시집이 쓰여진 것은 48세(1926년)의 늦은 나이였다. 시집을 선보이기 전후로 신문에 장편소설을 여러 편 연재했으므로 소설가이기도 했던 셈이다. 그러니까 종합적 인간, 전인으로서의 평가가 가능한 인물이라 하겠다.

생전에 특별한 일화가 많다. 삼일운동 당시, 일본 경찰에 체포되어 형무소 생활을 할 때 일본인들의 끈덕진 회유에 굴하지 않고 가장 나중까지 버틴 사람이 바로 한용운이다. 출옥한 뒤, 환속하여 가정을 꾸리고 성북동 골짜기에 집을 마련할 때도 일본 총독부 돌집이 보기 싫다고 굳이 북향으로 집터를 고집한 강골이다.

독립운동을 하더라도 국외에서 하는 것보다 국내에 머물면서 하는 것은 더욱 힘들었을 것이다. 변절자가 속출하고 너나 없이 친일의 대열에 서던 그 시절이다. 하지만 한용운만은 끝까지 일본인들이 주는 민적(오늘날 호적)을 거부했고 마음의 지조를 꺾지 않았다. 대단한 일이다.

그렇지만 한용운은 그토록 염원하던 조국광복을 한 해 앞두고 66세의 나이로 세상을 뜨고 만다. 66년의 풍운. 이로서 한용운은 영원한 우리의 민족시인, 애국시인이 되었다.

흔히 한용운의 시를 말할 때 사람들은 작품 「님의 침묵」이나 「알 수 없어요」를 들지만 나에게는 「나룻배와 행인」이 먼저다. 열여섯 살 때 시인이 되겠다고 마음먹을 때 가장 먼저 읽은 시가 바로 「나룻배와 행인」이었다. 다만 물정 모르고 읽었을 것이다. 그냥 달콤한 연애시로만 알았을 것이다.

그러나 두고두고 읽어보니 그게 아니었다. 좋은 시란 개별성과 함께 보편성이 넓어야 하는 것. 이 시가 바로 그런 시였다. 내포와 더불어 외연이 넓었다. 적용 범위가 넓다는 뜻이기도 하다. 가령 수도자의 입장으로 볼 때는 '나룻배'는 스승이 되고 '행인'은 제자가 된다.

그러므로 이 시의 화자는 스승인 사람이라고 보아야 할 것이다. 사랑하는 사람들끼리라면 더 많이 사랑하는 사람 입장이라 할 것이다. 더 많이 사랑하는 사람이 늘 기다리는 사람이고 져주는 사람이라는 것을 알기까지 나는 얼마나 오랫동안 이 시와 함께 세월을 보내야 했을까? 70 가까운 나이에 겨우 눈을 떴을 뿐이다.

열여섯 살 때 시인이 되겠다고 마음먹을 때
가장 먼저 읽은 시가 바로 「나룻배와 행인」이다.

님의 침묵

님은 갔습니다. 아아 사랑하는 나의 님은 갔습니다.

푸른 산빛을 깨치고 단풍나무숲을 향하여 난 적은 길을 걸어서 차마 떨치고 갔습니다.

황금의 꽃같이 굳고 빛나던 옛 맹서는 차디찬 티끌이 되어서, 한숨의 미풍에 날아갔습니다.

날카로운 첫 키스의 추억은 나의, 운명의 지침을 돌려놓고, 뒷걸음쳐서, 사라졌습니다.

나는 향기로운 님의 말소리에 귀먹고, 꽃다운 님의 얼굴에 눈멀었습니다.

사랑도 사람의 일이라, 만날 때에 미리 떠날 것을 염려하고 경계하지 아니한 것은 아니지만, 이별은 뜻밖의 일이 되고 놀란 가슴은 새로운 슬픔에 터집니다.

그러나 이별을 쓸데없는 눈물의 원천을 만들고 마는 것은 스스로 사랑을 깨치는 것인 줄 아는 까닭에, 걷잡을 수 없는 슬픔의 힘을 옮겨서 새 희망의 정수박이에 들어부었습니다.

우리는 만날 때에 떠날 것을 염려하는 것과 같이, 떠날 때에 다시 만날 것을 믿습니다.

아아 님은 갔지마는 나는 님을 보내지 아니하였습니다.

제 곡조를 못 이기는 사랑의 노래는 님의 침묵을 휩싸고 돕니다.

두말할 것도 없이 한용운의 대표작이며 우리 문학사에 가장 깊고 넓은 감동의 강물을 거느린 작품이다. 우리 문학사의 기념탑이요 우리의 정신사에 길이 빛날 작품이다. 무슨 설명이 더 필요하랴. 설명의 글을 읽는 대신 소리내어 이 시를 한 번 더 읽어보는 편이 훨씬 도움이 될 것이다.

전형적인 아어체 문장. 존칭어미. 여성의 목소리. 시를 호소와 고백의 문장이라고 그럴 때, 그 둘이 다 들어 있는 시가 바로 이 작품이다. 이 시에 나타난 "님"이 조국이면 어떻고 사랑하는 '연인'이면 어떠하고 승려 시인의 입장이니 '부처'인들 어떠하랴. 시인의 말을 직접 들어본다. 시집 『님의 침묵』 서문격인 글「군말」이다. 아래 글에 나오는 "기루어서"는 '그리워서'의 뜻이지만 그리워서와는 무언가 다른 느낌이 들어있는 낱말이다.

'님'만 님이 아니라, 기른 것은 다 님이다. 중생이 석가의 님이라면 철학은 칸트의 님이다. 장미화의 님이 봄비라면 마시니의 님은 이태리다. 님은 내가 사랑할 뿐 아니라 나를 사랑하나리라.

연애가 자유라면 님도 자유일 것이다. 그러나 너희는 이름 좋은 자유에 알뜰한 구속을 받지 않느냐. 너희에게도 님이 있느냐.

있다면 님이 아니라 너의 그림자니라.

　나는 해 저문 벌판에서 돌아가는 길을 잃고 헤매는 어린 양이 기루어서 이 시를 쓴다.

> '님'만 님이 아니라, 기른 것은 다 님이다.
> 중생이 석가의 님이라면 철학은 칸트의 님이다.

알 수 없어요

바람도 없는 공중에 수직의 파문을 내이며, 고요히 떨어지는 오동잎은 누구의 발자취입니까.

지리한 장마 끝에 서풍에 몰려가는 무서운 검은 구름의 터진 틈으로, 언뜻 언뜻 보이는 푸른 하늘은 누구의 얼굴입니까.

꽃도 없는 깊은 나무에 푸른 이끼를 거쳐서, 옛 탑 위의 고요한 하늘을 스치는 알 수 없는 향기는 누구의 입김입니까.

근원은 알지도 못할 곳에서 나서, 돌부리를 울리고 가늘게 흐르는 적은 시내는 굽이굽이 누구의 노래입니까.

연꽃 같은 발꿈치로 가이없는 바다를 밟고, 옥같은 손으로 끝없는 하늘을 만지면서, 떨어지는 날을 곱게 단장하는 저녁놀은 누구의 詩입니까.

타고 남은 재가 다시 기름이 됩니다. 그칠 줄을 모르고 타는 나의 가슴은 누구의 밤을 지키는 약한 등불입니까.

참 아름다운 세상, 그 모든 것들의 집합이다. 계속해서 묻고 있지만 굳이 그 답을 얻을 것도 없는 일이다. 왜냐면 그 물음 자체가 해답인 것이다. 그냥 스스로 마음속에서 답이 온다. 그러니까 의문형이지만 긍정보다 더 강한 긍정이다. 『논어』를 읽다보면 군데군데 아닐 '불不' 자를 만나는데 이 아니불이라는 글자가 긍정보다 더 강한 긍정을 끌어내기 위한 부정이란 것과 같다 하겠다.

　오직 한 개의 긍정의 문장. "타고 남은 재가 다시 기름이 됩니다." 소생의 의지이고 회복과 희망의 약속이다. 이것이 중요하다. 놓치면 안 된다. 지금 시인은 소생을 꿈꾸고 회복과 희망을 다짐받고 싶은 것이다. 그 시대가 일제 침략기. 아무리 여성적인 문장으로만 가두어 두려 해도 그러지 못하는 소이가 여기에 있지 않나 싶다. 야튼 빛나는 문장, 가슴을 쩌릿하게 하는 문장 앞에 옷깃을 여민다.

심은 버들

뜰앞에 버들을 심어
님의 말을 매렸더니
님은 가실 때에
버들을 꺾어 말 채찍을 하였습니다.

버들마다 채찍이 되어서
님을 따르는 나의 말도 채칠까 하였더니
남은 가지 千萬絲는
해마다 해마다 보낸 恨을 잡아맵니다.

애절한 이별의 심사다. 그리고 사랑의 모순이다. '버들'을 중심으로 나의 용처와 님의 용처가 갈렸다. 내가 "뜰앞에 버들을 심어" 기른 것은 "님의 말을 매"고자 했음이다. 왜? 사랑하는 사람이 보다 오래 내 곁에 머물게 하려 함이다. 그런데 얄궂게도 "님은 가실 때에/ 버들을 꺾어 말채찍"으로 삼았다.

   낭패다. 처음부터 어긋남이다. 그래서 화자는 어찌 하였나? "남은 가지 千萬絲는/ 해마다 해마다 보낸 恨을 잡아"매는 구실을 하게 되었다. "버들마다 채찍이 되어서/ 님을 따르는 나의 말도 채칠까" 했던 꿈이 수포로 돌아간 것이다. 사랑하는 사람이 떠나고 혼자 남은 사람의 하소연을 담았다.

   한용운 시인도 한시를 잘 아는 시인이다. 스스로 한자로 오도송을 비롯하여 어러 편 한시를 지은 분이다. 이 시에서도 보면 '전경후정' 한시의 기법이 유감없이 활용되었다. 지난해 여름인가. 백담사에 다시 가 보았더니 백담사 만해문학관 앞 뜨락에 시비가 되어 이 시가 뜨내기 후배시인을 기다리고 있었다.

복종

남들은 자유를 사랑한다지마는, 나는 복종을 좋아하여요.

자유를 모르는 것은 아니지만, 당신에게는 복종만 하고 싶어요.

복종하고 싶은데 복종하는 것은 아름다운 자유보다도 달콤합니다. 그것이 나의 행복입니다.

그러나 당신이 나더러 다른 사람을 복종하라면 그것만은 복종할 수가 없습니다.

다른 사람을 복종하려면, 당신에게 복종할 수가 없는 까닭입니다.

이 작품 또한 사랑하는 사람을 향한 투정이며 반어법의 정수를 보여주는 경우다. "자유"와 "복종" 그 개념 사이를 오간다. 오히려 화자는 자유보다 복종을 선택한다. 그것은 오로지 당신을 사랑하기 때문에 "당신에게는 복종만 하고 싶어"서다. 참으로 외골수, 지독한 사랑이라 하겠다.

　사람이 누군가를 사랑하면 이렇게 세상이 바뀌고 가치관이 바뀌고 인생 전체가 바뀐다. 사랑의 맹목이라 그럴까. 그 다음에 반전이 온다. "그러나 당신이 나더러 다른 사람을 복종하라면 그것만은 복종할 수가 없"다는 것이다. 왜? "다른 사람을 복종하려면, 당신에게 복종할 수가 없는 까닭"이라는 것이다.

　하, 무릎이 탁 쳐진다. 부정의 부정은 긍정. 끝없는 긍정, 오로지 사랑을 이렇게 어지럽게 조금은 현란하게 말해주고 있다. 무릇 좋은 인생은 그 후반부에 반전이 있듯이 좋은 시도 이렇게 후반에 반전이 있게 마련이다. 초반부의 어리숙함을 후반부가 십분 만회하고서도 남는 바가 있다.

사랑하는 까닭

내가 당신을 사랑하는 것은 까닭이 없는 것이 아닙니다.
다른 사람들은 나의 홍안만을 사랑하지마는, 당신은 나의 백발도
사랑하는 까닭입니다.

내가 당신을 기루어하는 것은 까닭이 없는 것이 아닙니다.
다른 사람들은 나의 미소만을 사랑하지마는, 당신은 나의 눈물도
사랑하는 까닭입니다.

내가 당신을 기다리는 것은 까닭이 없는 것이 아닙니다.
다른 사람들은 나의 건강만을 사랑하지마는, 당신은 나의 죽음도
사랑하는 까닭입니다.

이 작품 또한 부정을 통한 강한 긍정을 보여주는 시다. '내가 당신을 사랑하는 데는 까닭이 있습니다', 그런 말을 "내가 당신을 사랑하는 것은 까닭이 없는 것이 아닙니다"라고 에둘러 말하고 있다. 그러고 보면 시란 것은 곧바로 말하면 뻔한 내용을, 돌려서 그 에움길로 말하는 은근함에 있다 하겠다.

내가 당신을 사랑하고 그리워하고 기다리는 이유는 모두가 당신에게 있다. 다른 사람, 그러니까 나를 사랑하지 않는 사람들은 나의 긍정적인 면만 선택하고 사랑해주는 사람이다. 그러나 당신은 나의 부정적인 것마저도 아끼고 사랑해주는 사람이다. "홍안"과 "미소"와 "건강"과 대비되는 "백발"과 "눈물"과 "죽음"이 그것이다.

사랑이 진정 그런 경지에 이른다면 그것은 사랑의 승리이고 완성이다. 그래서 뒷날 나같은 시인도 「사랑에 답함」이란 소품을 쓰지 않았나 싶다. 누군가는 부부싸움을 하고 냉담 중이었는데 나의 시를 읽고 자청해서 배우자와 화해했다는 말을 들었다. "예쁘지 않은 것을 예쁘게/ 보아주는 것이 사랑이다// 좋지 않은 것을 좋게/ 생각해주는 것이 사랑이다// 싫은 것도 잘 참아주면서/ 처음만 그런 것이 아니라// 나중까지 아주 나중까지/ 그렇게 하는 것이 사랑이다."

수의 비밀

나는 당신의 옷을 다 지어 놓았습니다.
심의도 짓고 도포도 짓고 자리옷도 지었습니다.
짓지 아니한 것은 주머니에 수놓는 것뿐입니다.

그 주머니는 나의 손때가 많이 묻었습니다.
짓다가 놓아두고 짓다가 놓아두고 한 까닭입니다.
다른 사람들은 나의 바느질 솜씨가 없는 줄로 알지마는, 그러한 비밀은 나 밖에는 아는 사람이 없습니다.
나는 마음이 아프고 쓰린 때에 주머니에 수를 놓으려면, 나의 마음은 수놓는 금실을 따라서 바늘구멍으로 들어가고, 주머니 속에서 맑은 노래가 나와서, 나의 마음이 됩니다.
그리고 아직 이 세상에는, 그 주머니에 넣을 만한 무슨 보물이 없습니다. 이 적은 주머니는 짓기 싫어서 짓지 못하는 것이 아니라, 짓고 싶어서 다 짓지 않는 것입니다.

한용운은 분명 남성이다. 그것도 승려이며 학자이며 일생을 독립운동에 전념한 강한 성품의 남성이다. 그런데 어쩌면 이렇게도 부드럽고 섬세한 여성의 심성에 빙의되었으며 또 그것을 여성 특유의 목소리로 담아 낼 수 있었을까? 놀라운 일이다.

　시인은 본래 곡비哭婢란 말도 있고 빙의憑依 들린 인격이란 말도 있다. 곡비란 '타인의 감정을 대신 표현해주는 자'를 말하고 빙의란 '한 영혼에 다른 영혼이 옮겨 붙음'을 말한다. 성격은 다르지만 다중인격을 말한다. 위의 시에서 시인의 영혼이 그러하다.

　시의 마지막 부분, 반전의 문장이 다시 한 번 독자의 마음을 흔든다. "그리고 아직 이 세상에는, 그 주머니에 넣을 만한 무슨 보물이 없습니다. 이 적은 주머니는 짓기 싫어서 짓지 못하는 것이 아니라, 짓고 싶어서 다 짓지 않는 것입니다." 한용운의 시집『님의 침묵』은 이런 작품으로 가득한 보석함과 같다.

당신이 아니더면

당신이 아니더면 포시럽고 매끄럽던 얼굴이 왜 주름살이 잡혀요.

당신이 기룹지만 않다면, 언제까지라도 나는 늙지 아니할 테여요.

맨 첨에 당신에게 안기던 그때대로 있을 테여요.

그러나 늙고 병들고 죽기까지라도, 당신 때문이라면 나는 싫지 안 하여요.

나에게 생명을 주든지 죽음을 주든지, 당신의 뜻대로만 하셔요.

나는 곧 당신이어요.

이번에는 막무가내기다. 그래도 마냥 귀여운 느낌인 것은 이쪽에도 사랑이 있기 때문일 터이다. "나는 곧 당신이어요." 말씨는 부드럽지만 속내는 강력하다. '나는 너다. 그리고 너는 나다.' 이것은 깊이 깨달은 사람의 마지막 말씀이기도 하다.

　'만물일여萬物一如 우아일체宇我一體'. 세상 모든 물체는 하나요, 우주와 내가 또한 다르지 않다는 생각이다. 또한 주인(나)과 객(너)이 다르지 않다는 '주객일여主客一如 불이사상不二思想'의 정수다.

　이런 좋은 말씀, 만발한 꽃 세상 앞에서 그것이 불교에서 온 것이냐 유교의 것이냐 기독교의 그것이냐 따지지 않는다면 더욱 좋은 세상이 열릴 것이다.

　한용운, 그의 시의 배면에는 어린아이가 앙탈부리거나 제 풀에 겨워 흥얼거리는 것과 같은 작은 소리가 들어있다. 그러기에 한용운의 시를 읽다보면 언제나 순결한 마음, 변해도 변하지 않는 마음을 회복하여 갖는다. 한용운의 시를 읽는 한 기쁨이다.

"함형수"

해바라기 비명

나의 무덤 앞에는 그 차가운 碑ㅅ돌을 세우지 말라.

나의 무덤 주위에는 그 노오란 해바라기를 심어 달라.

그리고 해바라기의 긴 줄거리 사이로 끝없는 보리밭을 보여 달라.

노오란 해바라기는 늘 태양같이 태양같이 하던 화려한 나의 사랑이라고 생각하라.

푸른 보리밭 사이로 하늘을 쏘는 노고지리가 있거든 아직도 날아오르는 나의 꿈이라고 생각하라.

— 청년 화가 L을 위하여

생애의 행적조차 아슴한 시인, 함형수(咸亨洙, 1914-1946). 19
30년대 서정주, 김동리 등과 어울려 《시인부락》 동인으로 활
동했으나 광복 이듬해 심한 정신병으로 32세 젊은 나이로 요
절한 시인이다. 남긴 시의 편수도 많지 않아 시집 한 권 분량
도 채우지 못했다.

하지만「해바라기 비명」, 이 시 한 편만은 장하고도 또 장
한 작품이다. 군계일학이요 일당백. 여타 동시대 시인들의
시와 비교해보아도 빼어난 작품이다. 운명적인 발언이다. 친
구를 위해서 쓴 묘비명이라지만 그에 앞서 자신의 묘비명으
로 썼음직하다.

무릇 시의 문장은 모순을 품기 마련. 이 시를 들여다보아도
여러 가지 모순을 발견할 수 있을 것이다. 그러나 그런 모순
따위야 무슨 대수랴. 문제는 시인의 상상이요 심경의 변화다.
그냥 그대로 아름답고 찬란하지 않은가. 현실이 각박할수록
상상의 은택은 폭포와 같이 눈부신 것이다.

"비명"이라고 했으면서도 "차가운 碑ㅅ돌" 같은 건 세우지
말아달라고 당부하고 있다. 그 대신 "노오란 해바라기"를 심
어달라 하고 있고 "끝없는 보리밭"을 보여 달라고 말하고 있
다. 그리하여 무덤 주위에 피어있는 해바라기를 "늘 태양같
이 태양같이 하던 화려한 나의 사랑"이라고 강변하고 있다.

이 얼마나 멋진 비명인가. 게다가 "하늘을 쏘는 노고지리"는 또 얼마나 소슬한 인간의 승리, 혼령의 부활인가. 시가 참 머쓱하다. 명령어투로 일관하는 다섯 개의 문장. 융융한 강물이 되어 오늘날을 사는 우리들의 마음조차 갯벌로 적시고 싶어 한다. 과연 우리는 종언의 날에 어떤 비명을 남길 것인가!

66

하지만 「해바라기 비명」,
이 시 한 편만은 장하고도 또 장한 작품이다.
군계일학이요 일당백.

99

나태주

나태주 시인은 1945년 충남 서천에서 출생했고, 1963년 공주사범학교를 졸업했다. 1964년 초등학교 교사로 부임을 하여, 2007년 공주 장기초등학교 교장으로 43년간의 교직생활을 마감하며, 황조근정훈장을 받았다. 1971년 《서울신문》 신춘문예로 등단하였고, 1973년 첫 시집『대숲 아래서』를 출간한 이래『막동리 소묘』,『산촌엽서』,『눈부신 속살』,『시인들 나라』,『황홀극치』,『틀렸다』,『그 길에 네가 먼저 있었다』등 39권의 개인 시집을 출간했다. 산문집으로는『시골사람 시골선생님』,『풀꽃과 놀다』,『시를 찾아 떠나다』,『사랑은 언제나 서툴다』,『날마다 이 세상 첫날처럼』,『꿈꾸는 시인』등 10여 권을 출간했고, 동화집『외톨이』(윤문영 그림), 시화집『사랑하는 마음 내게 있어도』,『너도 그렇다』,『너를 보았다』등을 출간했다. 이밖에도 사진시집『비단강을 건너다』(김혜식 사진),『풀꽃 향기 한줌』(김혜식 사진) 등을 출간했고, 선시집『추억의 묶음』,『멀리서 빈다』,『풀꽃』,『꽃을 보듯 너를 본다』,『별처럼 꽃처럼』,『울지 마라 아내여』등을 출간했으며, 시화집『선물』(윤문영 그림)을 출간했다.
나태주 시인은 흙의 문학상, 충청남도문화상, 현대불교문학상, 박용래문학상, 시와시학상, 편운문학상, 한국시인협회상, 고운문화상, 정지용문학상, 유심작품상, 난고문학상 등을 수상했고, 충남문인협회 회장, 공주문인협회 회장, 공주녹색연합 초대대표, 충남시인협회 회장, 한국시인협회 심의위원장, 공주문화원장 등을 역임했으며, 현재 공주풀꽃문학관을 운영하고 있다.

이메일 : tj4503@naver.com

나태주 애송시집
풀꽃시인의 별들

초판 1쇄 2018년 5월 20일
지 은 이 나태주
펴 낸 이 반송림
편집 · 디자인 김지호
펴 낸 곳 도서출판 지혜 • 계간시전문지 애지
기획위원 반경환 이형권 황정산
주 소 34624 대전광역시 동구 선화로 203-1, 2층 도서출판 지혜 (삼성동)
전 화 042-625-1140
팩 스 042-627-1140
전자우편 ejisarang@hanmail.net
애지카페 cafe.daum.net/ejiliterature

ISBN : 979-11-5728-276-0 03810
값 15,000원